葦辺の母子

新潟水俣病短編小説集 II

新村苑子

玄文社

葦辺の母子

新潟水俣病短編小説集 Ⅱ

目次

この地に住む者は耳を傾けよ
このようなことがあなたがたの
　先祖の時代にあったろうか
これをあなたがたの子どもたちに伝え
子どもたちはその子どもたちに
その子どもたちは後の世代に伝えよ

ヨエル記

葦辺の母子

昭和四十七年十一月下旬の夜半、若い母親有希子はよく寝入っている息子保幸をママコートにくるみ、負ぶいひもで自分の体にぐるぐる巻きにして抱きかかえ、阿賀野川の岸辺に立った。もし、その姿を目撃した者がいたとしたら、彼女は何の迷いもなく、歩を進めて土手を下り、立ち枯れたままの葦の岸辺から川の中へ入って行ったと証言しただろう。事実、翌日の午後、彼女と保幸を探し続けていた兄静夫と従兄の智弘は、立ち止まった堤防の上から、有希子のはき慣れた古靴の片方が、土手の下に落ちているのを見つけ、それにつられて辺りを見回しながら、ぬかるみに難渋しつつ進んで川辺に辿り着くと、葦の間に半ば泥濘に浸かっているもう片方を見つけた。二人は、間違いなく有希子がここから川の中へ入って行ったに違いないと確信したのだった。

土手を下った時、片方がぬげてしまったのに捜しもせず、ただ一途に流れの速い川の中へ進むことだけに気を向けていたのか。

従兄は、昨夜、知り合いの家へ用向きに出かけたが、月は出ていなかったと断言した。暗闇の中を勘だけで土手を下って、靴の片方がぬげ、さらに進んでもう片方もぬげてしまったのにも気付かなかったのか。気付いても闇夜なら探せなかっただろうし、靴下のまま一歩水の中へ入った時、もし、最初の発見者が聞き耳を立てていたとしたら、微かな水音でも聞き取っただろうか。この辺りは風の名所だ。昨夜も吹いていたとしてもおかしくはない。だが、枯れた葦のさわさわと風になぶられている音だけしか聞こえなかったと、言ったかもしれない。

翌日の午後、二つの遺体は少し下流の、川辺の枯れた葦の中で発見された。保幸はくるまれたママコートの上から、負ぶいひもで有希子の胸の前にぐるぐると縛り付けられていた。

いつかの大雨で、上流から流れ着いていたのだろうか、それともその前からあったのか、太い古木が枯れたまま立ち生えている葦の群れの中へ、迷い込んだように横たわっていて、そこにママコートの裾が引っ掛かっていたという。

有希子の父浩一郎は、その朝ひょっこり現れた有希子の顔を見て、一瞬言葉を失った。娘の顔が一回り小さくなって頬がこけ、二重の大きな目は生彩がなかったのだ。

「どうした、顔色がようねえな。具合でも悪い《わ》か《れ》」

「ううん、どこも悪くないよ。ちょっと疲れたみたいで。お母さんは？」

「水原の市に行ったがな」

ああ、そうだった。今、くる時、姑の薫子《しげこ》が、市日にはよく石津のお母さんに会うと言っていたのを思い出した。

「お父さん、どうしたん、今日は」

有希子の父は五泉の小学校で校長をしている。いつもは朝早く出るので、休みの日にでも来ない限り会うことはないのに、今日は家にいるので、有希子は不審に思って聞いたのだ。

「これからだわや。新津へ出張でな」

「お母さんが帰ってくるまで寝ててもいい？」

「ああ、そうせ。炬燵で暖こうして寝てれ。ひと眠りしてっとお母さんも帰ってくるがな。今日は泊まっていけ。疲れが取れるまで寝てれ。おれが電話しておくがな」

浩一郎は、その顔色ではどっか悪いんでねか、明日でも医者へ行ってみれ、と言いたいのを抑えて、ただそれだけを言いながら、ママコートにとっぷりと包まれて、有希子の腕の中ですやすやと眠っている孫の保幸を、のぞき込むようにして見て、自らも頬を緩め、

「よう寝てるなあ」

と言いながら、そのまん丸な頬をちらと撫でてから出かけた。

　有希子は下茶の間の炬燵に座布団を二枚敷いてそこへ保幸を寝せ、その隣りへ自分の分も同じようにして横になった。軽く目をつぶりながら、お父さんは何も言わなかったなあと思った。近々の目安がついているなら何とか言ったはずだ。まだ、休みが取れないままなのだろう。

　誰もいない。おおっぴらに炬燵の中に体を潜らせて、炬燵を独り占めしてゆっくり寝られる。家では、たとえ姑が市へ行って、昼近くまで自分たち親子だけだとしても、実家でのびのびするのとはどこか違う。有希子にとってまだ婚家は我が家と呼ぶには、なぜか引くものがあるのだ。だから、姑が出かけるのを知っていながら、実家に行ってくるとことわったりしたのだ。

　有希子は、隣りに眠っている保幸が目を覚ますまで眠ろうと目を閉じた。まぶたが重い。このところずっとそうなのだ。夫の満と二人になると眠い、眠いと言うので、

「まるで、口癖《まっで》だねっか。眠てかったら寝れや、頭がへごになっまで寝れ」

とからかいながら言うのだった。しかし、昼日中、姑もいる家の中でごろごろと寝てもいられない。夜の睡眠が浅いせいで、充分に体が休まっていないのかと思ったりしていた。

なぜ、浅いと思うかといえば、よく夢を見るからだ。深く眠っていれば、たとえ見たとし

ても記憶に残ることはないはずで、殆ど覚えているのは、それだけ頭が休まっていない証拠だと、有希子は素人考えでそんなふうに思うのだった。

今はゆっくりと、誰に気兼ねすることもなく眠っていいのに、なぜか眠れない。それでも目を閉じて眠くなるのを待っていると、保幸が目覚めたらしく動き出した気配に、有希子は体を子の方へ向けると、ぱっちりあいた二重の大きな目と合った。

「目が覚めたね、ここは石津のおばあちゃんの家だよ。分かる？　やっちゃんはおはなしは出来ないけど、賢いからわかってるよね。今日はおばあちゃんちに泊まるんだよ。パパに言って来なかったけど、おじいちゃんが頼んでくれるって。パパがやっちゃんの顔が見たいって、夜来るかなあ」

保幸は言葉は話せなくても、言っていることは分かるはずだと、有希子も夫の満も期待を込めて信じているが、姑の薫子《しげこ》は、表向きは息子夫婦に合わせてはいるが、内心は疑心暗鬼らしく、新津に住む満の姉が遊びに来た時、たまたま耳にした姑と義姉の会話は、有希子の心を凍りつかせた。

義姉の「どう思う？」との問いに、出先から戻って彼女に挨拶しようと茶の間へ行きかけて、聞こえてきた義姉の言葉に足が止まった。もしかしたら、保幸のこと？　と耳を傾

けていると、義母は「なんだやらのう」と小声で答え、

「医者ばっか変えたがって。あっちへ行きて、こっちへ行ったらどうだろなんて言うてるげだ。上野さんの見立てが信用ならんて、石津の親たちは思てっすけ、有希子さをけしかけてんでねえかと、おらは思うんだろも、満はそんげなこと絶対《ぜってぇ》に有希子に言うなてんだがの」

ああ、やっぱり。有希子は悪いと分かっていても、その場から動くことが出来なかった。

「あっちって、大学病院のこと？　じゃあ、こっちって、どこ？」

「新潟市内に、はまぐみ学園てがんがあんだてのう」

「ああ、聞いたことがある。そこへ？」

「体が不自由な子が、勉強しながら訓練してるんだてのう。親から離れて寮に入《へ》ってんだてのう」

「そこへ入れるってわけ？　まさか！　やっちゃんはまだ二歳にもなってないのに」

「おれが大学病院なんかに行かんでくれ、て言うたもんだすけ、そしたら、そこなら《だば》いいろっかとなったんだがの。見学ってがんをしてみてと言うたと。ほんね、諦めねんだ、有希子さもそうだが、あっちの親たちも」

「行かせてやればいいがね。見学ぐらいで気が済むんなら」

「簡単に言うなや、それでなくても《ねえたって》、人の口に戸は立てらんねんで！　もしかして、上野さんに知れたら顔が立たんろが。じいちゃんの代《でえ》から看て貰《もろ》てってがんに」

　義姉と姑のそんな会話は、有希子にとって足下がぐらっとするほどの衝撃であった。初めて姑の本心を知った。少なくとも、有希子といる時は一度も言ったことのない言葉の数々だった。自分だけつんぼ桟敷に置き去りにされている心境だった。どうやら満とは通じ合っているような口ぶりだった。本当にそうなのか、確かめる勇気はなかった。

　保幸はあと数日で四歳になるが、その話は保幸が一歳の誕生日まえのことだった。

　保幸が赤ん坊の平均的な成長をする段階の、はいはいや、お座りが出来ないので、医者に診て貰いに行かせたいと、満が母親にことわると快く承知してくれた。薫子も密かに孫の正常ではなさそうな発育に心を痛めていたからだ。それでも家で長年かかりつけている村内の上野医院へ行くようにと、やんわりと指示を出した。

　その医院は、昔からの医者で、有希子も名前だけは知っていた。だが、最近は町の総合病院か個人医院へ行く人が多くなっているという噂も漏れ聞いていたので、果たして有希子が望む精密な検査をして貰えるのか疑問に思ったが、逆らうことは出来なかった。こんな時こそ、満の強い一言が欲しかったが、望むだけ失望が増えた。

老医師は一言のもとに、保幸に先天性の脳性小児麻痺との診断を下した。

実家の両親は有希子の報告を聞いて、果たしてその診断が正しいか疑問に思った。そもそも保幸を医者に診せた方がいいと勧めたのは、有希子の両親だった。

「この子、もしかして……、どう思うね」

と母の篤子が、父浩一郎に問いかけたのが始まりだった。

「うん、……」

「おらたちの孫なんだすけ、この子の体に何かあったって不思議はねえろうね」

実家に遊びに来ていて、保幸を母親に任せたまま、有希子は新聞の拾い読みをしていたが、親たちのただならない話を耳にして、言った。

「ちょっと、どうして話がそこへ行くわけ？　母親の私をまたいでお母さんたちの病気を引き継いだって言うわけ？」

「あっちの姑《おかか》に聞こえたら大事《おおごと》だすけ、滅多なことは言わんねろも、お前《め》もよう頭が痛い《いて》とか、もんもんするとか言うてたねっけ。すぐ疲れるとかさ。子供の頃は何ともねがったし、まさかお前が水俣病の気《け》があるなんて夢にも思わんかったろも、やっちゃんがこうなって、おら毎日《めえんち》考え続けてたわの。それで言うんだわの。お父さん、どう思うね」

問われても急なことで、浩一郎は返事が出来なかった。

「そうか。少し《ちっと》考えさせてくれや」

篤子の言うように、有希子の体にも自分たちと同じように、メチル水銀が貯まっていて、娘には顕著に症状は出ていないが、それが保幸の体を蝕んだのではないか。一家で同じものを食していたのだから、それは充分考えられる。長男の静夫は好き嫌いが激しくて、川魚は臭いと言って食べたがらなかったが、有希子はよく食べた。家では川魚を捕る習慣はなかったが、母の実家を初め、近所の人たちが毎日不自由しないほど運んでくれていたのだ。煮たり、油で揚げたり、焼いたりして、毎食食卓に出ない日はなかったのだ。それでも両親の体のあちこちに異変が出始めた頃、有希子には現れなかったので、よく川魚を食べ続けていたとしても、子供で体が小さかったから摂った魚の量も少なかったのだろうと、親たちは素人考えで安堵していたのだ。

だが、事態は急展開したのか、浩一郎は、篤子の考えを無視することは出来ないと考え、休日になると、新潟市内の本屋まで出向いて、熊本県の水俣病に関する本を何冊か買い求め、知識の収集に努めた。

それで、九州の熊本県では保幸のような子供が大勢生まれていることを知ったのだ。その地方でも最初の頃は、保幸のように先天性の小児麻痺と診断されていたらしいことも分かった。

どうやら篤子の懸念が的中したのかもしれない、と浩一郎は思った。

実家へ寄るたびに、母親からそんな話を聞いていて、有希子は自分の頭痛がもしかしたらそれに該当するとなれば、保幸の体が有機水銀に冒されていないとも限らない。親たちが検査をして貰えと勧めてくれているのを、素直に受け入れ始めていた。

ものを言えない赤ん坊の体を、何とか調べる方法はないものか。浩一郎夫婦は少ない知識を総動員して頭をひねっていた。

この近辺の人たちで、その疑いのある誰彼が、大学病院へ検査に行ったという話を漏れ聞いたので、何とかして保幸をそこで診て貰えるようにしてやりたい、腹の中にいる時に、有希子にたまっていた有機水銀が、親より顕著に胎児に影響を与えるということがあるのか、無いのか、そして更には保幸の症状はそれに該当するのか、それとも村の内科医の見立て通り先天性脳性小児麻痺なのか、是非とも究明して欲しいのだと、浩一郎は満に伝えたかった。

休日でなければ婿の満には直接話せないので、休みの日に来て欲しいと妻の篤子を通して有希子に伝えさせた。自分が誠意を持って話し、頼めば、満だとて自分の子供のことだから聞き入れてくれるに違いないと考えたのだ。

浩一郎の説明を聞いた満は、はっきりと戸惑いの色を見せ、即答を避けた。脇で聞いていた有希子は、一度にあれもこれも聞かされた満が、すぐには決心が付けられないで迷っているように思えた。だが、不安は感じなかった。いずれ、彼も快く承諾してくれるに違いない。お姑さんが何と言おうと、保幸のことなのだから親として当然だと確信を持っていた。

保幸が胎児性の水俣病ではなかろうかと危惧してはいても、浩一郎も本に載っていた写真でしか知らなかったし、現実にそのような子供を見たこともないし、県内にそういう子供がいるという情報も摑んではいなかった。

自分も妻の篤子も五十近くになって、頭痛やめまいなどの症状に悩み始めた。同じ集落の誰彼も同じ症状が出て、農作業に支障が出たり、頻繁に仕事を休んだり、失敗を重ねたりして、親方に引導を渡された職人もいた。また長年昼夜交代の仕事をしてきた男性は、老いた両親が頭痛や手足の震えで歩行が困難になり、真夜中に用足しに起きるたびに付き添わねばならなくなった。自分も親たちに劣らず体の不調を抱えていての介護なので、定時に仕事に就くことがままならなくなり、遂に配置転換させられたものの、かえって条件は厳しい部署だったから、否応なしに辞めざるを得なかった。そんな話がまことしやかに噂され、二人の耳にも入っていた。彼らの症状が自分たちと同じなので、初めはもしかしたらと案じていたが、遂には確信を持つようになっていた。殊に篤子は疲れやすくなっていて、長時間子供相手の勤務は無理だと退職したのだった。

二人は、県へ認定申請書を出すことは控えたが、いつかきちんと検査は受けたいと考えていた。

娘の有希子も今は時々頭痛で苦しむことがあるが、もっと年を取って自分たちくらいになってから、いろいろと症状が出ないとも限らない。現に持病のように頭痛があるのだから。この際、保幸と一緒に調べて貰う必要がある。浩一郎は何度もそこを強調して、満の同意を求めたが確たる返事は得られなかった。

満にしてみれば、保幸だけでなく有希子も精密検査をした方がいいと言われて、これをどう母親に言えばいいのか苦しんだ。出来れば家の中に波風は立てたくなかったのだ。

有希子が生まれ育った石津の村からは、何人もの水俣病患者が出ているという話は聞いたことがあった。だが、有希子の家は川に関係のある職業ではなかった。両親は二人とも小学校の教師だ。有希子の兄も大学を出て新潟市内に勤めている。仲人も水俣病のみの字も触れなかった。騙されたとは言わない。だが、青天の霹靂ではあった。

保幸の体が普通でないと分かると、母親の薫子は有希子が不在なのを確かめてから、その原因は、おら家の血筋ではない、と満に強い口調で言い切った。

「どういう意味でえ？」

「どういう意味だか？」

お前《め》は、この意味が分からねて言うんか。母親の目は言葉以上の含みを漲らせて、半ば見下すように満に向けられていた。母親の言いたいことが分からないわけではなかった。ただ、こんな言葉を露骨に息子に投げつけた、その真意が理解できなかったのだ。まさか本気で言うてるわけではあるまいが、これだけは言わなければと口を切った。

「脳性小児麻痺が血筋に関係があるわけはねえろ、病気なんでえ、馬鹿言うなね」

「どっちが馬鹿だやら！」

「なんべんも言うろもの、あれは病気なんでえ。病気なんだすけの！」

母親は、悩み続けている有希子を、そして、保幸を切っているのだ。お前は私の子だが、保幸は有希子の子だ、あっちの血を受け継いでる子だ、と暗に言っているのだ。有希子は一人で保幸を生んだのか。話にならない。そう満が思うように、薫子もまた自分の意見に耳を貸さない満に、業を煮やしていた。

彼はそれ以上、母親と口論はしたくなかった。とにかく、家の中で言い合いは避けたかった。そんな自分に、有希子は真意は知らないまま、不満らしいということも何となく読めていたが、おれがついてるんだから、安心してれと言えない自分にうんざりしていた。父親が亡くなってからずっと一人で、自分たち姉弟三人を育ててきた母親の苦労を知っているからだ。だが、それはそれとして、母親の今の言葉は、有希子には絶対に聞かせられない。

「おれに何言うてもいいろも、有希子には一言だって言うなえ」

薫子は、そんげなことは百も承知だわや、と言わんばかりの表情をちらと投げて立ち上がると、部屋から出て行った。

今、有希子の父浩一郎から返事を求められて、満は母とのそんな場面を思い出しながら、即答出来ない自分の気弱さを痛感していた。それならば、実はと内輪の話をするわけにもいかない。どうすればいいいんだ。

有希子の父に、はいと言えば、母親に背を向けることになる。あやふやな返事すらできなかった。

彼の中で火山が爆発したように、目の前に立ちはだかった水俣病。母親がもっとも忌み嫌っているこの病気に、有希子の実家では真っ正面から向き合っているのだ。それに比べて満の母は、根拠もない血筋なんかを持ち出して、一方的に排除しようとしている。間違った理由にもならない理由を振りかざしても、誰をも納得させられない。ただ、差別だけが幅を利かせているのだ。

満にとって、胎児性水俣病という病名は、浩一郎から借りた本をぺらぺらとめくっていて知った。初めて耳にするものだった。胎内にいるうちに、母親の体に蓄積されていた有機水銀を、胎盤を通して吸収してしまったのだと、その本は説明していた。体の中にたまっていた有機水銀？　なんだ、それ？　というのが、満の偽らざる心境だった。

保幸が胎児性水俣病になってる？

母の薫子が聞いたら一体どんな顔をするか。それでも、いいや、あれは血筋なんだ！と言い張るだろうか。第一、おっ母に有機水銀が理解できるとは思えない。おれだって、なんだ、と思ったんだから。

母親にはどう言えばいいんだ？　とにかく言う前に、借りた本をじっくり読んで、決めるのはそれからだ。

「あんたが納得しなければ、大学へは行けないわけ？」

帰りの車の中で有希子が言った。即、行動を開始しない満に、有希子は不満だった。

「まあ、ちっと待ってくれ。おれだって、どうしていいか分がらねんだすけ。行くとなれば仕事を休まんばならんし、母ちゃんを納得させんばならんろが」

母親には、到底無断で行かれないとの満の真意を知って、有希子は真っ暗な深い穴底へ突き落とされたように感じた。

お姑さんは絶対に、うん、とは言わないだろう。少しでも保幸の体を考えてくれていれば、あの医院へ行ってれば心配はないなどと言わないはずだ。

いつになったら満から返事が聞けるのか、実家の父は滅多に会えない有希子に、自分に代わって母篤子に打診させると、彼女は、

「ちっと待ってくれって言ったきり、その話を出すと機嫌が悪くなるんだわ」

と覇気のない表情で言うのだった。

「それでは話にならんねっけ。なあ、やっちゃんや、あんたのパパさん、早う返事してく

ればいいがんになあ。やっちゃんや、パパさんに大学病院へ行こうって言うてみた。ああ、せめて片言でも言えればなあ。ばあちゃんはやっちゃんと話がしてんだてば」

篤子は、いつまでも煮え切らない満への不満を、有希子の膝から受け取った保幸の、焦点の定まらない両の目に、真っ正面から合わせようと、少し後ろに反らせた背を丸めて、いないいないばーをするしぐさを取りながら言った。

保幸は何も理解できない。目が合うとにこにこと笑うから、目は見えているらしいが、話せないのは耳が聞こえないからなのか。このあたりも精密検査を受ければ分かるだろうから、一日も早く受けたいというのが、有希子や実家の親たちの切望であった。

その上、支えてやらないと彼の頭は、すぐ後ろか前にがくんと落ちてしまう。よだれがひっきりなしに垂れるので、彼を抱く者はタオルかハンカチを手放せない。その首の不安定さもいつかしゃんとするのか、知りたかった。専門の医師に尋ねたいことは山積していたのだ。

この一点さえのぞけば、満の母は、姑としては有希子には優しかった。

父親を早くに亡くしていた満に、有希子との縁談を持ってきてくれたのは、亡父のかつての友達で、有希子の父親とも親しい男性だった。

「おやあ、我が家《おらって》みてな貧乏家に、校長先生の娘さんなんてどうして貰《もろ》われろばね。勿体《もってえ》無《の》くて床の間に飾って置かんばならんこてね」

　到底、話にならない嫁話だと、薫子だけでなく先に嫁いでいる二人の姉たちも、そして満自身も話に乗らなかった。

「まあ、会うてみなせね。ぶったまげるほどのいい娘《こ》だすけ。気だては良いし、頭も良いし。それに何と嬉しいことに核家族より、じいちゃんばあちゃんのいる、にぎやかなんが良《い》いってね。町場より、生まれ育ったこの近辺に住んでいてんとね。おれに倅がいればお百度参りしても貰うね」

　なんで、こんげなやっとこさ飯《まんま》食うてる家に、そんげに良い娘さんを縁づかせようとしなさるんだねと、薫子は彼の本心が知りたくて切り込むと、

「ここん家の倅《ち》に良い嫁をと、おれ、死んだお前さんの親父に誓《ちこ》たんさ。あの娘以上の良い娘はちっといねよ」

　そんないきさつがあっての嫁入りだった。有希子の両親はもともと子供たちの結婚や就職は、本人の選択に任せるという姿勢だった。勤務先の銀行の同僚の中から、そんな話が持ち上がったこともあったのを親たちは知っていたが、それでも有希子が村役場に勤めて

いる、財産というほどのめぼしいものはなさそうな男を選んだのには、有希子なりの考えがあってのことだろうと、一言、「いいんだな」と念を押したぐらいだった。

「転勤だの、ノルマだの、上の人の顔色を見て暮らす生き方は、さんざん見てきたもの」

そんな神経を張りつめた生き方でも、それでも一緒に生きたい、この人ならと思えるほどの男に出会わなかったのだろう、と親たちは有希子の言葉に納得したのだった。給料も多くはないかも知れない。短大を出て以来、一緒に仕事をしてきた同僚の女性たちと、肩を並べるほどの生活レベルは望めなくても、緩やかな生き方を選んだ娘が近くに住んでくれることに、安堵してもいたのだった。

結婚を機に、有希子は銀行を辞めて家庭に入った。いずれ姑の許可が貰えたら、短大で取得していた幼稚園教諭の資格を使って、村の保育園にでも勤められたらとの希望を持っていた。

有希子の親たちも有希子本人も望んだように事は運ばず、保幸は一歳の誕生日を迎えた。ますます気をもむ浩一郎は、なぜ、有希子が強く満に懇願しないのか怪訝に思っていた。

「お前から、有希子に言え。口酸っぱくして頼み続けれと」

それにしても、満がいつまで二の足を踏み続けているのか、浩一郎には彼の真意がつかめなかった。

そんなある日の夕方、電話が鳴って出てみると有希子だった。明日、石津へ行ってくるといって、私、大学病院へ行くから、もし、お姑さんからそっちへ電話があったら、友達の所へ行ったとでも適当に言っておいてと言った。

「一人で行くってけ？　それだが、お前どっからかけてるんで？」

「家からだよ。お姑さんはでかけてるから、大丈夫。頼むね」

電話を切ろうとする有希子に、篤子は、

「でもさ、そんげんことするときに限って、運が悪《わり》くて知ってる人に会うんだてば。明日はやめれね、お前がそこまでする気になってるってことを、お父さんに言うすけさ」

「いいよ、もう。知らない街へ行くわけでもないし、私一人で大丈夫だから」

「いいや、言うこと聞いてくれ。いいの、有希子、勝手は駄目なんで！　明日はここへ来いね、待ってるすけ、いいの」

篤子は口を酸っぱくして、有希子の気持ちを制止し続けた。

その夜、いきさつを聞いた浩一郎は、

「一度、頼みに行って来んばならんな。明日、来たらよう言うて聞かせれ。必ずおれが付いて行くってな。有希子が業者やしてっかんは、おれだってよう分かってっわや。ぼさぼさしてっとまた一年なんてすぐだすけなあ」

それとは別に、浩一郎は満に対して思うところがあったのだ。自分たちのしようとしていることが、彼の仕事に支障をきたすことにならないか、確かめてから動いた方がいいのか、と。そうでないならば迷うことはない、保幸はおれたちの孫でもあるんだから、有希子の言うように、満が母親の気に障ることはしたくないだけの理由なら、俺が頼みに行って許しを得てから、まず大学病院へ連れて行く。そう篤子に伝えると、

「おらたちの思いはそうでも、あの子にしてみれば話を出すたびに、ぎくしゃくするんだてね。それが嫌だてね」

「どうしょうば、大人がぎくしゃくするがんが嫌だと言うてる間に、やっちゃんはまた誕生日が来て、またぐずぐずしてる間に三つになってしもうがな。大人の犠牲にさせていいわけはねえわや」

十月の半ばの日曜日が運動会だったので、翌日の代休を利用して浩一郎は薫子を訪ねた。何の使いもなかった突然の訪問に、薫子は慌てたがやがて落ち着くと、それが何を意味し

ているか察した。そしてここはきちっと言うことは言わんばと腹を決めた。

浩一郎が、日頃、仕事や何やかやでご無沙汰していることなどを詫びたり、薫子がお互い様でとか、互いに差し障りのない話題で気持ちをほぐしたあと、浩一郎は本題に入った。

「実は、今日寄せて貰いましたのは、やっちゃんに一度精密検査を受けさせて欲しいと、満君にお願いしてましたんだが、彼も忙しいのか、なかなか石津まで来て貰われませんし、たまたま昨日は運動会で今日は代休なもんで、急に思い立って、お母さんに直接お願いしてみようと来ましたようなわけでして」

浩一郎の話を聞きながら、やっぱりその話だ。ここはしっかりとこっちの気持ちを言わねばと、薫子は一息付いて応えた。

「はあ。それは満から聞いてましたてね。それでもおら家としましては、長年かかりつけの上野さんの言いなさることに、不審は持ってませんてね。それに私がよく行く町の店の子も、保幸とおんなじで、あの子はちっと年上ですろも、様子は保幸とまったくおんなじなんですて。四つか、五つにはなってねかな、首がすわってねし、体もちっせえしね」

だから今以上の検査だとか、よその医者に診せてまでする気はありませんてばね。満もそんげに考えてんでねえかと思いますてばねと、言い足した。

そのどれも、浩一郎には察しを付けていた言葉だった。

言いなさる通りかもしれません。既に知っていなさるかもしれませんがと前置きして、浩一郎は自分たち夫婦は、水俣病の患者と同じ症状で、何年も前から体に異変を感じるようになっていたが、仕事柄申請は見合わせたものの、篤子はかなり強く症状が出ていて、殊に疲れやすく、その上頭痛もあって、とても子供相手に一日中動き回るのが難儀になったと辞めました。二人の子供は孫親に育てられ、特に魚好きの有希子は川魚で育ったようなもので、それでも娘時代はまったく症状は現れなかったので、子供の食う量はたかだかしれたものかと安心していたが、つわりがひどくてしばらく帰っていた頃、自分たち夫婦の教え子たちや近所の人が入れ替わり立ち替わり、川魚を運んでくれた。その頃はもう阿賀野川の魚は安全というお墨付きが出ていたし、安心して家中の者も食べていた。だが、ひょっとしてそれも安全ではなかったか、或いは有希子の体の中に貯まっていた有機水銀が、もしかしてやっちゃんの体におっかぶさったのかと、親として申し訳ないし、考えれば考えるほど、ここは一つはっきりさせんばならん、親の務めだと思いまして、有希子とやっちゃんを検査に行かせてやって貰おうと、お願いに来ました。はっきりさせるには大学病院へ行くのが一番の近道だと思います。親戚の引っ張りに大学で医者をしてる男がいますんで、そのってでなるべく内密に、それが叶うかどうかも分かりませんが、こちらが噂で難儀しなさることのないように、充分配慮したいと考えていますと、頭を下げた。

長い浩一郎の話を聞きながら、薫子は内心で何度も、おやあ！　おやあ、知らんかった！　と呟いていた。薫子の中に、亡夫の友人で浩一郎の親友でもある、仲人の数々のほめ言葉が揺らめいていた。それらの一つ一つを心の中で立ち上がらせながら、そうだわな、おらっ家《て》に世話する理由はこれだったのかと、してもしきれない落胆に包み込まれてしまっていた。

もう、言う通りにしてやる。取り返《けえ》しの出来ね荷を背負い込んでしもたんだすけ。上野先生でも見抜けんかったんだ、大学病院でもどこでも行けばいい。人に見つけられ《めっけらっ》て、あだこうだ言わったたって、どうしょうば。そん時はそん時、腹括るしかねえわ。人の口に戸は立てらんねんだすけ。

しかし、薫子はそんな気《け》振りは微塵にも出さず、丁重に浩一郎を見送った。

帰路、彼はもう一つ気になっていたことを、さて、いつ満に確かめようかと考えた。勤め先へ電話をかけるのが手っ取り早いとは分かっているが、万が一、何らかの手違いで人の耳に入ってても困る。ずっとその思いがあってかけられなかったのだ。そんなことはまずないと断言できるか。そもそもあり得ないことが出来《しゅったい》するのが世の常だ。いや、それはいささか考えすぎか。ま、今日のところはやめておこう。

浩一郎は、薫子から大学病院へ行くことに快い返事が欲しい一心で、自分たち夫婦に出た症状などいろいろ喋った。それを姑《おかか》さんは分かってくれられたと安堵していた。あれだけ大学病院へ行かせたくなかった理由は、そうせばやっぱり、あれか。浩一郎は、満に直接会って確かめねばならない。今度こそはっきりさせる、正直なところを聞きだそうと決めた。

しかし、浩一郎の満への最後の確認はなかなか実現しなかった。満に会うことがそんなに困難だとは有希子には解せなかった。それを母親に愚痴ると、

「そう言うなね、お父さんだって気にはしてんだすけ。明日こそはと思てっと、急に夕方から会議をしねばならんなったりするんだての。今の学校は用事が沢山《いっぺ》ありすぎんだわ」

「お父さんはあの人に何を確かめたいんだろ。お母さん知ってるん？」

「ああ、多分、勤め先の役場ではどんげな見方をしてっか、そこらでねえろっかの。それはお父さんだけでのうて、私も思たし。子供が胎児性の水俣病か検査をして貰いに大学へ行ったげだと知れたら、満さんの立場が困るようではと考えてんださ」

「それだったら、私が聞いてみる。お父さんにそう言っておいて」

ある日の夕食時、薫子が有希子に尋ねた。

「石津ではいつ行かれるってけ」

それだけでは何の話か理解できなかった満は、向かい側に座っている母親と、彼の左側に座っている有希子の顔をさっと見た。

「なんだか、急に用事が出来たりして、なかなか休みが取れないんだそうです」

「何の話だ」

と満が有希子に聞いた。

えっ、知らないの？　お姑さんから聞いてないの。有希子は薫子の方へ顔を向けたが、目を合わせるのを避けるように、姑は食べることに気を向けている振りをして、満の問いに応えなかった。

「やっちゃんを大学病院へ連れて行きたいと、この間、お姑さんに頼みに来たんだがね」

「誰が。石津のばあちゃんがか」

「お父さんだわね」

「いつだ。知らんかった。なんでおれに言わんかったんだ」

「私は、お姑さんが言うたとばっか思ってたわね」

「どっちでもいいろも、その日にあったことはその日に言うてくれ」

薫子はああ、そうだの、とも言わなかった。一気に、有希子の責任であるかのような雰囲気になってしまった。自分から口火を切っておいたにもかかわらず、姑はそのことにはもう触れなかった。気まずい中で有希子は唾を飲み込むのも憚られた。

あの晩の満の不満そうな言いようをいま、有希子は思い出しながら、実家の母親に自分から、彼の職場では水俣病に対してどんな空気になっているか聞くとは言ったものの、果たして満が正直に話してくれるか自信はなかった。或いはやんわりとはぐらかされないとも限らない。職場の雰囲気がどうのこうのではなく、姑同様、彼自身が受け付けなかったら？　それでも私は行く。自分の子供のことだから。彼にとってもそうだが、ここまで来てしまうと、満は保幸の父親である前に、薫子の息子である方に比重が掛かっているように、有希子には思えるのだった。

有希子の両親だけでなく、有希子自身もその気《け》があったとしても、おかしくない状態だったのだと知って、薫子は苦々しい思いを捨てきれずにいた。

自分たちの住む集落は、阿賀野川から離れていたので、日常生活に直結するものはなかった。

川の周辺に住む人たち、一昔前なら川で生計を立てていた家庭では、長年、川魚を食卓に上らせていたから、いつの年だったか、昭和電工が川に有機水銀の残りかすを流したとかで、川の水の色が変わって、大量の魚が死んだ。魚が何らかの理由で死んで浮き上がったことは、以前にも何度かあったそうで、人々の中にはいつものことだと大して気にも留めず、浮き上がった魚を捕って食べた。その後で触れが出て、慌てて捨てた人もいたが、あいにく食べてしまった家庭もあったとか耳にした。真偽のほどは分からない。何人もの耳や口を経て、自分たちが聞き知ったのかそれも定かではなかったが、何を聞いても他人事で、右から左へ聞き流していたくらいだった。

その後、魚を食べたのが原因で、体のあちこちに異変が出て日常生活に支障を来した人たちや、仕事が出来なくなってしまった人たちが裁判を起こしたとかで、どこそこの人《しょ》が原告でがんになってんだとか、決まるまで何年もかかったとか、どこそこの親父は認定されて大金を手にしたはいいが、持ち慣れないものを懐にしたばっかりに浮かれて、おおっぴらに出来ない界隈へ出入りしていたとか、これも誰かのやっかみ半分の妬み根性が言わせているなんてことも、耳に入ったものだった。

当時はあちこちでひそひそと囁き交わされたものだったが、今は鳴りを静《ひそ》めて誰も言う者はいない。薫子にとっては余所で起きた過去の問題だった。

彼女の、水俣病に対しての知識はそれくらいのもので、おおむね良い感情は抱いていなかった。また、親子でそれを話題にしたこともなかった。それがにわかに身近な問題として浮上したのだから、動転してどう扱えばいいのか迷うところであった。いや、迷うなんて言うてらんね、業腹《ごせっぱら》やけるろも、どうしょうば、というのが薫子の本心だった。


こんなにあっさりと承諾を得られるとは予想外であった浩一郎は、

「あとは行って調べて貰うだけだ。おれの代わりにお前《め》行ってくれっか」

と篤子に報告かたがた言うと、彼女は、

「向こうの人《しょ》だって、本心から調べて貰いとて言うたわけではないろうがね。市日の度《たんび》に会うてがんに、そんげなことならんわねっ」

と、とんでもないという表情と強い口調で拒んだ。

明日にでも二人を連れて行きたいところだが、彼は手帳を繰るまでもなく、ここしばらくは空白の曜日がなかった。仕方がない、どれかを教頭さんに代わってもらうか、それが叶わなければ日をずらすしかない。有希子の落ち込む顔がちらついたが、分かって貰うしかない。浩一郎はそんな気持ちを、篤子を通して有希子に伝えさせた。許可が貰えれば明日にでも飛んで行くように気合いを入れていたのに、いざとなればこの様だ。何とかするからもう少し待ってくれと、付け加えるように言った。

電話でそれを聞いた有希子は、分かった、と短く答えて、気になっていたことを確かめた。

「お父さんがうちのお姑さんに言ってた、親戚の引っ張りだとかいう人、お母さん会ったことあるん？」

「いいや。お父さんも若え頃に、一度か二度どこかの葬式だか法事だかで会ったきりなんだとさ。方便で出したど言うてたで。便宜を図って貰えるか……どうなんだろう……」

そうくると思った。母親には言わなかったが、分かったとしか言えなかった私の気持ちは、お母さんにだって分からないでしょ、と言いたかった。

私が一人で行くと言った時止めたくせに、お父さんが休まんねて言うてっすけ、私が行くと、なぜ言ってくれないんだろう。一つ峠を越すとまた峠。越されない峠だとは思えないが、越されないものにしているだけだ。行く行くと言い続けていれば、行くまでの日にちをのばしておける。お母さんはお父さんをせっつくだけ。せっつかれてるお父さんだって、いざとなれば、あそこは鬼門なんだろうか。夫も父も、そして母も気持ちは充分あるのだと意志表示はするが、動いてくれない。みんなあそこで知った顔に会うのが嫌なのだ、きっと。

いいよね、やっちゃん、ママと二人で行こうね。ママも一緒に診て貰うんだよ。ママは誰に会ったたって平気だよ。誰よりもやっちゃんの味方だもんね！

「お父さん。お父さん！」

突然、篤子に布団の上から体を揺すられて、浩一郎は深い眠りから戻され、かっと目を見開いて叫んだ。

「何だっ！」

「そんげに大《おっ》きな声ださんたって。有希子がいねんだてね。黙って帰ったんだろうかね」

「なにや！　今、何時だ」

「二時ちっと過ぎだがね」

「車もねえんか」

浩一郎は、頷く篤子と目を合わせて、

「車がねえんだば、帰ったんだこてや」

と言ったものの、盆暮れ以外に、今まで母子で泊まることはほとんどなかったが、泊まらなくても黙って帰ることはなかったという篤子の言葉に、うん、と同意はしたが、それでも何か急に思いついて帰る気になったのかもしれない、と思い直して
「明日の朝、一番に電話してみれ」

と言った。起きたついでに用を足して、また布団の中へ入ったが、目は冴えてしまって、なかなか寝付かれなかった。あれこれ思うに任せていて、夕食後、保幸を風呂に入れていて、一緒に入るのは盆以来だなと思い、上がってから篤子や有希子とそんなことを話し合ったのだった。

午前中、ひょっこり現れた有希子はげそっとやつれていて、ひっこませた目と冴えない顔色に、浩一郎は内心驚いて、疲れが取れるまで泊まっていけと言って出かけ、新津の駅前から、有希子の姑に断りの電話を入れた。

「有希子が、なんだやら難儀だと言うもんで、今日は泊まっていけと言いましたんだが、

我が儘させまして申し訳ありませんろも、お願いします」

浩一郎の言葉に、薫子は、意外だという口調で、

「そうでありますかね。なんでも気が付きませんでしたてばね。ゆっくり休ませてやっておくんなせ。よろしゅうお願いします」

と言ってくれた。

その日、浩一郎が帰宅したのは七時近かったのだが、有希子の顔色はあれから充分寝たようには見えなかった。口にはしない有希子なりの心の重さを、浩一郎は慮るしかなかった。その時は自分の休みが取れずに、有希子の願いを叶えてやれていないことは浮かんでも来なかった。

今度こそは何とかしんばならんな、と自らに発破を掛けた。

それにしてもなあ、真夜中に帰ったってか。車がねえんだば、帰ったとしか思わんねしなあ。

隣りに寝ている篤子も眠れないのか、しきりと寝返りを打っていた。

翌朝、浩一郎が目覚めた時、篤子は台所の時計を見ながら、六時前ではあまりにも早すぎるだろうかと懸念しつつ、電話で有希子の帰宅を確認しなければ、何も手に付かないと

いわんばかりに、そうだろうね、と浩一郎の意見を聞いた。

「あそこん人《しょ》だって起きてっわや、かけてみれ」

「お父さん、かけてくれっかね」

頼まれた浩一郎は、洗顔を済ませてからかけてみた。

彼は挨拶の後、早朝から申し訳ありませんとことわって、有希子が帰っているか聞いてみた。

「今まで黙って帰ることなんて、いっぺんもありませんかったもんで……、そうですか。……そうなんです。昨夜というか、夜中の二時過ぎに、家内が有希子がいないんで、外を見たら車がなかったんですわ。それで、いつ、帰ったんだか、気が付かんかったもんで……急に思いついたことでもあって、帰ったんだろうかと言うてましたろも、書き置きもありませんかったし、気になりましたんで……。そうですか、じゃ、そういうことでお願いします」

「帰ってたってかね」

篤子がせかすように聞いた。

「いや、帰ってねと。満君が有希子の友達の所へ聞いてみて、返事をよこすってや」

「あんげな時間に友達んところへなんかなに行こうばね」

篤子は不服げに言った。そう言われればその通りだ。昨日、有希子はなんで来たのか。

浩一郎がそんなことを思っていると、篤子が言った。

「昨日《きんの》、あの子が来た時、お前さんに何か言うてねかったかね」

「いいや。おれもいま、それを思てた。お前に何か言うてたか、それとも何かありげな様子はねかったか」

「ねえことあろばね、あっわね、いつだって。あの子の心ん中は重てえ石が詰まってるみてなもんだこてねっ！」

なあんも分からねみてな口利きなさんなっ、との含みが込められた篤子の言葉に、浩一郎は素直に頷いた。

二人は、有希子の晴れない気持ちを充分承知していながら、浩一郎は、必ず行くと言ったまま学校を優先させて、一日延ばしにしてきたことを悔やみ、篤子は夫に責任をかぶせて、一歩も二歩も後ろに下がっていた気弱さを嘆いた。

有希子が、どこにも援助者《たすけて》を得られない不安と情けなさをひとまず置いて、気分転換にそこら中あてもなく走り回っていたと、まるで憑き物が落ちたような表情を見せて、ひょっこり現れてくれることを、二人は願っていた。

朝食を済ませて、満からの返事を待っていると、彼が現れた。裏玄関で立ったまま、挨拶もそこそこに、有希子はどこにも行ってないと、不安そうな表情で言った。

「最近、友達付き合いをしてる仲間はいねんでねえかと、思うんですよね」

満の含みのある言葉に、篤子はむっとしながらも、その真意が汲み取れない自分たちではないにも拘わらず、それでも一人ぐらいはいて欲しいとの思いを込めて、銀行時代のあの人は？　短大に一緒に行ってお互いに結婚式に呼び合った、ほれ、あの人、名前が出て来ね、と篤子は思い付くまま言った。

「どっちにも聞きました。おれ、行ってきましたんだ。電話番号が分からねもんで。しばらく会っていねて言うてました。もう一人、新潟市内にいる人で、まだ、保幸が生まれる前に、おれも一度寄せて貰たことがあったんだろも、名前を忘れてしもて……、おばあちゃん覚えてませんか」

そういえば、……と頭をひねってみても、篤子は思い出せなかった。

「どうする、満君。有希子の帰りを待ってみっかね、捜しようがねえし……」

そう言いながら、浩一郎は出勤の時間が迫っていたので、外に出て満の判断を聞こうと、玄関へ行くのに茶の間へ入って、角に重ねてある座布団の上に、有希子の手提げ袋があるのを見つけた。一瞬、何だ、帰ってんか、と安堵したものの、有希子の姿も保幸も見えない。そういえばことりとも音はしなかった。

浩一郎は、それを手にかざしながら足早に、再び裏玄関へとって返して、言った。

「満君、ほれ、有希子の手提げ袋があってば。忘れてったんか、置いてったんか」

満は、義父の手にある見慣れた大きな手提げ袋に目をやって、無言で彼の目を見た。どういうことですか、と義父の言葉に疑念を返すまなざしだった。

有希子は出かける時、それに保幸の紙おむつや哺乳びんにミルク、それを溶かすお湯の入ったボトルと湯冷ましを入れたボトル二本にタオルなど、必要な物は何でも突っ込んで、ひょいと肩に掛けてから保幸を抱くのだった。もうすぐ四歳になろうとしていても、保幸にはミルクが欠かせないのだ。

「おやあ、気が付かんかった！　お父さん！」

篤子が表情を強張らせて、叫ぶように言った。

満の顔色が変わった。

「今日、休みを取って捜します」

そう言うなり挨拶もそこそこに、外へ出て車の方へ向かおうとする満を、浩一郎は呼び止めて、有希子の車のナンバーを聞いた。そして言った。

「おれも捜す。お母さん以外には、口外しねでくれっかね。今日は天気もあんまり良うねえみてだし、こういう時は充分気を付けて運転してくれね」

まるで、昨日今日、運転を覚えたばかりの若者を諭すような口調で言った。満もまた硬い表情を崩しもせず、無言で頷いて立ち去った。

「お母さん、静夫に電話して、休みを取ってすぐ来てくれて言えや。おれも静夫が来るまで、下《しも》の智弘君と捜すすけ」

智弘は、有希子や静夫たちの従兄で、同じ集落に住んでいる。彼は専業農家の長男だから、この時分は比較的頼みやすいのだ。

浩一郎は勤務先の教頭に、急用で半日休んで、午後から出ると連絡を終え、すぐ車で智弘の家へ向かった。

誰も心に不吉な渦を巻き起こしていながら、それを言葉に出来ないまま、三人は散った。

有希子の中古のサニーが、隣り村に近い土手の下に停めてあるのを見つけたのは、静夫と従兄の智弘たちであった。

そこは狭い農道であったが、農作業がまだ完全に終わっていないのか、畑仕事に来る人はいても、頻繁に人や車が行き交うことはないが、そこに車が停まっていても、人は不審に思うこともないのだ。近くの畑や田に仕事に来る人は、よくそこら辺りに停めておくから、たとえ何時間も放置されていても、わざわざ中を確かめに行く者もいないのだ。

二人は無言で車に近づいて行った。キーは付いたままになっていたが、他にめぼしい物は見当たらなかった。茶色のサニー、ナンバーを確かめて、静夫がドアを開けた。助手席の前のダッシュボードを開けると、有希子の免許証や手袋、タオルなどが入っていた。

「そこらを見てみっか」

腰をかがめて、上半身を車の中へ入れたまま、思案しているらしい静夫に、智弘が短く言った。さりげない言い様は、有希子がどこかで足首でも挫いて、立ち上がれなくなっていないとも限らない、そんなニュアンスに取れなくもなかった。しかし、言った本人も聞いた静夫もそんなことは考えていなかった。

ここで車が見つかったということに、二人は口にはしないが、慎重に川縁《かわべり》をなぞらなければと考えた。思いたくはないが、不吉な予感がふくらむばかりであった。

静夫は、有希子の免許証とキーだけをポケットに収め、智弘の後ろに続いた。

二人は土手に上がった。左の方へ行かなかったのは、川縁が人家により近かったからだ。川の流れに沿うように、二人は無言で土手の上を進んだ。大型車がすれ違えるほど充分幅がある土手を、並ばずに前後になって歩いた。その方が土手の下から続く畑と、その先の枯れたままわずかな風に揺らいでいる、葦の群れへとくまなく視線を這わせるのに都合がよかったのだ。


有希子母子の遺体は解剖にまわされた。発見者で兄ということで、このまま静夫に同道して欲しいと言われたが、川の中へ入ってズボンが汚れていたし、着替えて行くことにした。

家に戻ると、先に智弘が警察へ届けるのに寄って行ったので、篤子から連絡を受けた浩一郎が帰って来たのとかち合った。

「満さんに電話をしたら、さっき警察が来て一緒に行きましたてね、とおかかが言うてらしたろも、お前も行かんばならんてけ」

父親のズボンを借りて穿《は》き替えている静夫の目の前の板場で、ぺしゃんと尻を落として座ったまま、篤子は泣きはらした目をぬぐいながら、くぐもった声で聞いた。静夫の知る母親らしからぬその姿を目にして、彼は篤子の嘆きの深さを痛感した。

「どげにしてたったや、あの子」

「有希子もやっちゃんもいい顔してたよ」

「どんげに冷《つめ》てかったろうかと思て……」

篤子は、ぬぐってもぬぐっても出てくる、涙と鼻水をすすりながら言った。

「本当だよ、不思議にも穏やかな顔してた。水に潜って眠ってるなんてことは考えらんねろも、ほんきに眠ってると言っても、嘘でないくらいだったよ。智くんもそう言うたろ?」

そう伝えた静夫は、ジャンパーの袖口が濡れているのも気にせず、水の中に仰向けに横たわっていた有希子の胸の上で、保幸の体がくるまれていたママコートの上から触れた時の感触を思い出していた。既に、硬直していて子供らしい体の柔らかさは失われていて、ママコートのふわふわの手触りとはあまりにも対照的で、思わず手を離してしまった、あの感覚が甦った。いや、掌に残っていたと言えばいいか——。おれ、震えてる、と感じた途端に、なぜか歯ががくがく鳴った。

これ以上、親たちに何か聞かれて答えねばならないとなったら、うまく喋られないかもしれない。際限なく体の奥からせり上がって来そうな震えを何とか止めたかった。
「やっちゃんが流れて行ってしまわんように、有希子は自分の体にぐるぐる巻きにして守ったんだわ。離れとうねがったんだこて。ああ、せつね、本当《ほおん》にせつね……」
篤子の涙声の呟きは父に任せて、静夫は玄関へ向かった。

解剖を終えた母子の遺体は満と共に夜遅く帰ってきた。その知らせを電話で受けたとき浩一郎は、今朝有希子は予め覚悟を決めて帰ってきたのか、それとも刹那的に走ってしまったのか、覚悟を決めての行動だとしたら……との思いを持った。いずれにしてもそのもとを作ってしまったのは他ならぬ自分たちだ。有希子が一時も早く保幸を専門医に診せたがっていたのは知っていたが、まさかそこまで自らを追いつめていようとは！　救ってやれなかったのだ！

決して軽く考えてたわけではねえんだすけな、有希子、勘弁してくれ。取り返《けえ》しのつかんことになってしもて。浩一郎は煩悶し続けた。

満からの電話が来るまでは、出来ることなら、二人をこの家から見送ってやりたいと、浩一郎は考え始めていた。生まれ育ったこの家から送り出してやりたいと言えば、それだけを主張すれば、勝手を言うなと否まれても仕方がないが、不祥事を起こした娘の後始末をさせて欲しい、婚家にこれ以上の迷惑は掛けられないと、申し出たらどうだろう。この際、仲人をしてくれた友人に一肌脱いで貰おうかなどと考えたが、解剖の結果、腹にもう一人宿っていたと満は付け加えたのだ。浩一郎は驚きのあまり聞き返した程だった。そう聞けば有希子の顔色が冴えなかったのも理解出来るものの、驚愕に悲嘆が追い打ちをかけた。打ちのめされた浩一郎は、電話の内容を篤子に問われるまで伝えることを忘れていたほどだった。やがて平静を取り戻すと、子は有希子一人のものではないのだから、向こうだって返事に困るに違いないと自らに結論を下した。

そんなことを考えているところへ、再び満から電話があって、家が狭いので、通夜・葬儀は町の葬儀場を借りて執り行うと言った。

その報告を聞きながら、浩一郎はたった今まで考えてきたことが口先まで出かかったが、辛うじて止めた。親も含めて身内で考え詰めての結論だろう。それをおれがひっくり返したとなれば、事は面倒になるだけだ。

町には町営の斎場もあるが、民間の業者が運営している所も新しく出来たという話は聞いていた。満に確かめるとそこだと言う。

浩一郎は、内心で深く嘆息した。出来たばっかしで、コンクリートも完全に乾いているかどうかの、冷え冷えとしたそんな所で、有希子親子は一晩置かれるのだ。可哀想《かうえそげ》でならん、不憫でならんろも、どうしょうば。

有希子、そういうことだすけな。最後の最後まで、なんでも力になってやらんねで勘弁してくれや。

浩一郎は胸の内で、ここにはいない、もう二度とこの家に来ることはなくなった、娘に向かって語りかけていた。

「腹に子がいたと解剖で分かったなんて。なんで言うてくんねかったんか。その子も、保幸とおんなじでねえかと悩んでたんか。一人で苦しんで、その挙げ句、こんげな事になってしもたんか。おれも悪《われ》かったんです。大学病院できちんと調べて貰いてと、なんべんも言わって、そん時、おれ、小児麻痺であろうと胎児性の水俣病であろうと、保幸に変わりはねえんだすけ、どっちでもいいねっか、て言うたんです。有希子は黙っていましたろも、それからは病気のことは一切言わんなって。おれの考えに合わせてくれたんかと思てました。もう少し喋っておけば良《い》がったんです。四ヶ月にもなってたなんて。三人を弔う気持ちです！」

そう言った満は、どうやら受話器の前で号泣しているようだった。

「おれたちも知らんかったたんだすけ、お前さんにだけ言わんかったたんではのうて、誰にも言わんかったたんだすけ、そんげに自分を責めんなね。それだが、この電話、家からかけてんかね」

「いえ、公衆電話からです」

満は、上を下への騒ぎの中からこっそり抜け出して、おそらく国道端にある公衆電話のボックスの中へ逃げ込んで、思いの丈を吐き出そうと考えたのか。

多分、この男は、おれにしかこういう話は出来ねんだろう。浩一郎は満の心中を察して、そんなふうに思っていた。

翌日の朝早くに、枕経が上がるというので、浩一郎たちは満の家へ行った。

既に、満の姉たち夫婦も駆けつけていて、久しぶりの対面であった。

「おれが付えてながら、こんげなことになってしもて、どうか勘弁しておくんなせ。有希子さが沈んでいるげなんは、分がってましたんで、それで石津へ行ってお母さんといろいろ喋って気が紛れるんだばと思てましたんだろも」

泣き疲れて生彩を失った顔色の薫子は、自分が有希子を死に追いやったように思われているのではないかと、ずっと苦しんでいたと付け加えた。

　もともと薫子は、有希子の親たちは苦手だった。身分違いではあるし、自分は小学校しか出ていないのに、向こうは二人とも師範学校を出た先生だ。その上、父親は校長だ。そんな偉い人と喋ったこともないのに、親戚付き合いをしなければならないのは、いかにも重荷だった。出来ればことわりたかったが、満が仲人の薦めに二の足を踏んでくれればと、内心願っていたのに、事実、有希子と会うまではそんな口ぶりだったのが、いざ会うと何を血迷ったのか付き合い始め、とうとう結婚すると言い出した。本人がその気になっているのだし、この頃では親付きの一人息子の所へなんか、今時の親たちは娘を嫁がせない。世間では敬遠されていることは承知していたから、満の望むまま迎えたのだった。

　事実、有希子はいい娘《こ》だった。仲人口に嘘はなかった。それがこういう事になってしまった。薫子は自責の念に押しつぶされそうで、有希子の親たちにどれだけ頭を下げても収まらなかった。

「いや、それを言えば、おれたちも何でも知らんかったのはおんなじで、どうか自分を責めたりしねでおくんなせ。満くんにもそう言うたんですわ」

　浩一郎は、畳に頭をすりつけたまま上げようとしない薫子に言った。どっちの親も、どれほど言葉を重ねても、その言葉が相手に伝わることよりも、自らの言葉で自分の中の深淵の底を手探っている感覚を味わっていた。

あとは時間が味方してくれる。それしかないと、浩一郎は内心で呟いていた。


葬儀が済んで、両家ではまだ身内の者が帰らない時分に、なぜか公表はしていない、有希子の腹の中の子の存在が明るみに出ていて、人々の口の端に上っていた。

「三ヶ月とか四ヶ月とかだったてのう。それも男ん子だったてんだが」

「ばあちゃんは知らんかったんだと」

「勿体《あったらこん》ないことだ」

人々は口さがなく言い交わしていた。

殊に満の集落では、それが枯れ野を走る野火のような速さで、瞬く間に広がった。

一緒に暮らしていながら、姑として嫁の体調に気付かなかったことに、薫子は一人落ち込んでいたが、有希子の母篤子も全く気付いていなかったと知って、密かに安堵した。その一方で、もしかしたらその子が、保幸に代わってこの家を背負っていける子であったかもしれない、惜しいことをしたと、どこかで有希子の暴挙を恨めしく思っていた。

なんで聞かしてくんねかったやら、知ってたら……、これは決して口にしてはいけない、と自分を戒めつつ、これから先、集落の誰彼に語りかけられたりして、ぽろりと零したりしないという自信はなかった。いっそ、有希子の母親にこの嘆きを聞いて貰えば、気持ちも収まって、他言せずに済むかもしれない。しかし、それは自分の勝手な甘えで、先方はどう受け取るか。好意的に取ってくれるだろうか。いずれにしても女親同士、男を交えずに話せたらと願っても、家へ来る時はいつも夫婦一緒だし、到底その機会は望めそうもなかった。薫子の心は揺れ続けていた。

年が明けて一月下旬の日曜日。満から、ちょこっと寄せて貰《もろ》ていいですか、と電話があった。浩一郎は快く承諾した。

葬儀の後、挨拶に来て以来だ。何の用だろうと思いながら、それを篤子に伝えると、

「一人だろうか、おかかも一緒だろっかね」

と何か思うところがありそうな表情を向けて聞いた。

午後、現れた満は一人だった。

丁重に挨拶をする彼に、浩一郎ではなく篤子が茶を淹れながら、

「おかかの疲れは取れたろっかねえ。大難儀掛けてしもて」

と薫子をねぎらう言葉を掛けると、

「はあ、寂しいてならんて言うてますわ」

と満は、母親の言葉を伝えると同時に、それに自分の心情を重ねているような表情で言った。

「ほんにさ、おらたちもおんなじだ。日数が薄皮を剝ぐように忘れさせてくれると、人が言うてくれるろも、どうして忘れることなんて出来ようば。おれは日中は学校で気が紛れてるろも、お母さんなんて、裏玄関の辺りにことんと音がすっと、あっ、やっちゃんが来たかや、と立ち上がって、ああ、と思い直すんだてね。どうして頭から離れることなんてあろうば」

そう自分に代わって話してくれている夫の言葉を聞いているだけで、篤子はもう涙ぐんでいた。聞く満も無言で僅かに顎を動かしたぐらいで、言葉は出てこなかった。

何か用があって来たのなら、そろそろ本題に入ってもよさそうなものだがと、浩一郎は内心で思っていた。

結婚以来、有希子を抜きにして、満が一人で浩一郎たちに会いに来たということはなかった。義理の親子といっても、薫子が何となく有希子の親たちに、気詰まりな思いを抱いていたように、満もまた母親ほどではなくとも、冗談口をたたけるほどの親しみは持てず、どこか構えて向き合うところがあった。それは浩一郎にも伝わっていて、いずれ孫の成長につれて、何かと語り合う時も持てるだろうと、気長に待つつもりだったがそれも潰れてしまった。

三人は一時無言で、淹れ替えられた茶を飲んでいた。

満が軽く鼻をすすって、言った。

「実は……、二度も、夢に出て来て……、おんなじなんです。……出て来たと言うより、おれが見たということですが……」

そう聞くと、篤子は、まるで今日ここへ来られなかった有希子の言づてでも早く聞きたいというような口ぶりで、満を促した。

「おやあ、どんげな夢でしたね。聞かせておくんなせね。有希子は何か言うてましたかね」

「うん……、そうかね」

満がくすんと鼻をすすった。

間を持たせるように浩一郎が、篤子に倣って満の言葉を促すように言った。

「静夫さんから聞いただけで、おれは有希子と保幸がどんげな状態で、沈んでたか見てねわけですろも、聞いた通りに有希子の腹の上に保幸も腹這いになって、二人して顔をくっつけるようにして、笑い転げてんです。有希子の声は聞こえねで、保幸だけがさもさも面白《おかし》くてならんげに、ころころと声を弾ませて笑い転げてんです。一度もあんげな保幸の声は聞いたことはねかったし、第一、喋らんねかったんだし、あんげに生き生きと目を輝かして、有希子と笑い転げてたなんてのも、見たことはねかったし……、おれはただただびっくりしてしもて、夢の中ですぐそばで見てるって感じだったんですろも、そこで目が覚めて……」

「それが初めに見た夢なんかね」

浩一郎が聞いた。頷いた満がまた話し出した。

「翌日、また見たんです。今度もはっきりと保幸の笑い声が聞こえて、その声はちょうどこちょこちょと子供の体をくすぐると、たまらずに身をよじって笑うような笑い方でした。それで、おれ、保幸、保幸と呼びながらぱちゃぱちゃと川の中へ入って行ったんです。前の時と同じ格好で、保幸は有希子の腹の上で笑い転げてんです。有希子がどんげな顔をしてたかは、分かりませんでした。でも、二人でじゃれ合って笑い転げてるのは分かりました。長々と笑い続けてんです。おれが、保幸、パパのことも仲間に入れてくれやみてなこと言うたろも、いっくら呼んでも二人とも目も動かさんで、おれの方なんか見ねんです。有希子は笑いながら保幸の顔を見てるてのは分かりました。おれのことなんて無視して、二人は顔をくっつけるようにして笑い転げてて、ほら、パパが来たんで、やっちゃんとなんべん言うても駄目でした。なんだか、仲間はずれにさったみてで。夢の中だってに、めっぽうさびしくて……、体中がすっかすかになったみてで……、それでもあの子の笑い声につらって、おれも貰い笑いしてたみてなんです。そこで目が覚めてしもて。……二日も続けて同じ夢を見て、生きてる時は聞いたこともねがった保幸の笑い声を長々と聞いて、夢なんだと分かってても、どういうことなんろ、おれは、この夢をどう考えればいいんだろと思たら、寝らんねなって。それが二日前なんですろも、二人に無視されたのが、夢の中だとはいえ、気になって、有希子は一度もおれの方は見てくんねかったし、保幸もいっくら名前を呼んでも体を揺すってもこっちを見てくんねかったってことはと、どうしても考えてしもて。こんげな話は誰にも言わんねし、それでも、気になって、忘れらんねし。……そして、おれなりに考えて、今度同じ夢を見た時、有希子と顔を合わせられるように、あれが一番願っていたことをしようと思いました。保幸の検査をして貰いに行きます。借りました本に、臍の緒で分かるとありましたすけ、明日、休みを取って行ってきます」

「……どこへ？」

「ここらの水俣病の人が診て貰てる、新津の下越病院へ行ってみます」

「そこで分かるんかな」

「分からんかったら、どこへ行けばいいか聞きます。兎に角、やるだけのことはします」

「大丈夫だろうか、役場の雰囲気はどんげだね」

「裁判を起こすわけではねえし、調べて貰うだけですから、知られることもないと思います。知れたら知れたでいいです。それぐらいの気持ちです」

うむ、と同意ともつかぬ一言を発したまま、浩一郎は考えていた。

すると、篤子が案ずるように言った。

「それはどうだろうねえ。お前さんのおかかは初めっから上野さんの見立てだけで、充分だと言い続けて来なさったんだし、今ここで満さんが余所へ行くと知ったらたまげなさるろうねえ」

続けて浩一郎が言った。

「実はおれもそれが気になったんだが、どうだろうそれ、おれにさせてくんねかね」

今頃そんげなこと言うても遅い。今こそ本心を言わせて貰えば、今頃、そんげなこと言うても遅《おおせ》てば！　もう少し早う聞かせて貰《もれ》いてかった！

怒りも歯痒さも込めて、地団駄を踏んでも足りないと、吐き捨てるように言われるかも知れないと、満は覚悟して来たのだったが、逆に、自分の立場を配慮してくれての言葉に、自らの心の狭さを見せつけられた思いだった。

しかし、好意に甘えたら、有希子はどう思うだろう。やっぱりいざとなると二の足なんだわ、あんたって！　きっとそう言う。もう、そんなふうに思われたくない。それに――自分の認定の申請もしなかったと前に言ってた人に、孫のためとはいえ丸投げは出来ない。

「大丈夫です、おれの役目とさせてください」

満は、夢の中で味わった、水の感触を甦らせながら、二人に頭を下げた。

母の秘密

へえ、おばあちゃんがねえ。それにしても今までちらとでも教えてくれなかったとは！　口から飛び出しそうになったその言葉を飲み込んで、悠子は皆と一緒に席を立った。

その言葉に裏はないのだが、いや、少なくともちらっと皮肉が込められていると、兄幹男にではなく、彼の連れ合いの周子《ちかこ》に勘ぐられるのを避けたかったからだ。

母の保子が夏の初めにみまかって、秋の彼岸前に納骨を済ませたかった兄夫婦は、お寺さんの都合が付くその日に納骨を済ませた。

寺の近くの料理屋でお斎の席を設け、小一時間ほどしてお寺さんが帰ると、それを潮時に親戚たちも席を立った。それぞれの娘夫婦も小学生の子供たちが戻らないうちにと帰って行った。三兄妹の夫婦だけになると、兄が家へ帰ってゆっくりしようと言った。

二台の車に分乗して家に帰るとそれぞれが仏壇に手を合わせ、やれやれこれで一役済ませたと兄が言うのに同意を示しながら、悠子は続けて先ほどの話に触れた。料理屋の座敷で聞いた時の、驚きと意外さにいささか皮肉の一つも言いたかった思いは消えていた。

「さっきの続きだけど、一体、いつの話なの？」

そう切り出した悠子に、兄幹男は一瞬何のことだ？　と顔に表したが、

「うん、うん、ばあちゃんのことな」

と合点しておきながら、何か用でも思い出したのか部屋から出て行った。既にテーブルの前に座っていた一同は、幹男の戻るのを待ったがなかなか姿を見せなかった。

悠子も妹の夏子も、母がなぜそんな所へ、何のために行く気になったのか、知りたかったのだ。息子夫婦と穏やかに暮らしていながら、それに自分も妹の夏子も近くにいる。心に引っ掛かるものがあれば、私たち子どもに相談してくれればいいのに。誰だって、いつだって母の話し相手を拒んだ者はいないはずだ。

隣県に住む長女の絵里子が、急性の肺炎で五十歳を前にして死んだ時、保子はまだ達者な七十代だった。

生前の絵里子は、老齢で病身の舅が寝たり起きたりの毎日なので、姑が健在とはいえ、泊まりがけで実家に帰省する自由は持てなかった。そんな妻を慮った連れ合いは、年に一度彼の運転する車で連れてきてくれた。迎える方からみれば、それは帰省と呼べるほどのものではないだろうに、でもこれが私の息抜きと喜んでいた。

そんな絵里子の急逝に、母と兄妹たち夫婦は半信半疑で駆けつけた。

慌ただしい通夜、葬儀の二日間だった。お斎の後一行は、喪主たち家族のたっての勧めを断って、祭儀場から直接帰路についた。平成元年一月、松の内が開けたばかり。幹男はじめ悠子の夫も夏子の連れ合いもまだ現役だったから、ゆっくりはしていられなかったのだ。

そして今年、絵里子の死去から二十余年。母保子は一生を終えた。死因は老衰であった。享年九十七歳。きょうだいたちは早世した父の分まで生きたと、母の長かった生涯をたたえ合った。

「ところでお前《め》さん方は、ばあちゃんが巫女さんの所《とこ》へ行った話は知ってた？　知らんかったろ、お前さんたちには内緒だったんさ」

さっき、お斎の席で兄の幹男は、挨拶をかねたお寺さんや親戚たちへのお酌を一通り済ませて席へ戻り、周子だけが親戚の間でお酌をしていたが、空腹だったのかひとしきり箸を動かして、ふと思い付いたように並んで座っている悠子と夏子にそう言ったのだ。

「えっ、何のこと、なんで内緒なの？」

と悠子が聞けば、

「だけど何しに、そんなところへ行ったの？」

と続けて夏子が聞いた。

話はそこで中断した。お寺さんが帰られると、周子が幹男に耳打ちしたのだ。

「さっき、兄さんがちらっと言ったんだけど、おばあちゃんが巫女さんの所へ行ったって話、何しに行ったの、大体いつのこと？」

悠子は改めて嫂の周子に尋ねた。

彼女によれば、絵里子の葬儀から戻った後の母は、家族が気付くほど気落ちもしていないようだったし、あの頃はまだ七十代でそんなに疲れた様子もしていなかったから、若手はそれほど気にも掛けていなかった。

ある朝、着換えて出かける支度を済ませた保子が、台所にいた周子の所へ来て、

「ちょこっと大崎まで行って来るさね。昼まで帰って来んかったら待っててねで、先に済ませてね」

と言ったそうだ。

大崎は隣り町で、近辺の人たちはちょっとした物を買いに行く。その日は定期的に開かれる市日でもないし、あからさまに何の用事で行くのかとも聞けず、

「一人で大丈夫だかね、送って行こうかね」

と言ってみた。

保子は疲れやすく、時々足が突っ張って難儀することもあるのに、家から県道へ出るまでしばらく歩かねばならない。その上、バスは滅多に来ないのだ。バス停でいつ来るか分からないバスを、延々と立ったまま待つくらいなら、自分が送って行けば十五分もあれば着いてしまう。だが、保子はもう時間も調べておいて、これからゆっくり歩いても充分間に合うからと、周子の勧めを断って出かけた。

二月の半ば、たまたまその日は天気が良く、だから行く気になったのだろうが、新潟の二月はまだ春には早い。

「暖かくして行くといいでね。コウモリは持ったかね。帰りは電話をくれれば迎えに行くからね」

そう言って送り出したと言った。

「おばあちゃんはその頃からもう足に来てたんね、水俣病が」

夏子が悠子の方へ顔を向けて、同意を分かち合うように頷き、続けて言った。

「それで、大崎へ行ったのが巫女さんの話に繋がるわけ？」

彼女の問いに、周子は小さく頷いて話し始めた。

「しばらく帰って来なくてねえ、お昼どころか二時過ぎても帰って来ないし、またバスで帰ってくるつもりだろうか、電話をくれればいいのにと思っていたら、帰って来たんですよ。私が、迎えに行ったのにバスで帰って来たんかねみたいなことを言って、おばあちゃんの顔を見たら、朝、出かける前と顔色が違ってて……」

「違ってたって、どんなふうに？」

周子の話の腰を折って夏子が聞いた。ゆっくりとしたその口調は、一見のんびりした印象を与えてはいたが、奥に微妙な響きが隠されているようで、悠子は聞いていてどきっとした。この人、何を考えてるんだろ。私と違ってぼんやりじゃないから、何か汲み取ったのだろうか。お嫂さんだって相当なんだから、変な勘ぐりなんかしなければいいのにと案じた。しかし、周子はそんなこともなく、ごく普通に言葉を続けた。

「なんか、からっとしたような、顔に赤みもさしてて。ま、それはバス停から家まで歩いて来たんだから、血の巡りも良くなってたのかなぐらいに思ってたんですよ。そしたらね」

と言いながら、ちょうど部屋へ入ってきた幹男の方へ顔を向けて、

「ねえ、夕飯の後だったよね」

と確認を取るように言って続けた。

「子どもたちは早く食べ終えてテレビのマンガを見てたし、この人はまだ晩酌が終わってなくて、私とおばあちゃんは食べ終えて、お茶を飲んでたんですよ。その時だったよね」

と再び幹男に同意を求めるように話しかけると、

「そうだったかな、忘れたわや」

と苦笑まじりに答えた。

「おばあちゃんが、今日、巫女さんの所へ行って来たって言ったんだわ。巫女さんなんて周りで話題に出たこともないし、一体、何を言い出したのか摑めなくて、私とお父さんが同時に、巫女さん？　て聞き返したんだわ。そしたら、ああ、巫女さんから絵里子に会わせて貰《もろ》て来たって。ね、そう言うたんよね」

「なんで巫女さんなの？」

夏子が問うた。それに応えたのが、彼女の連れ合いだった。

「そういえば、昔の人はようそんげなこと言うたねえ」

「そうなんさ。おれも初めはうん？　と思たろも、ばあちゃんもそれなんさ」

幹男の分かったような分からないような口調に、「なに、それ」と悠子が言った。

それに周子がふふふと小さく笑って、続けた。

「おばあちゃんが言うには、看病もしてやらんねかったし、本人もまさかこんなに早くあの世に行くとは夢にも思わなかったろうに、きっと思い残すことがいっぱいあったんでないか、もしかして逝く所へ逝かんねで、そこらに彷徨《さまよ》ってんでないかと、ずっと気に病んでたんだってね」

「そんな様子だった？　行く前は」

と夏子が聞いた。

「特別落ち込んでた様子もなかったんだよね。普通だったよね」

周子はまた幹男に語りかけた。

「うん。ばあちゃんが姉ちゃんの話を出して、おれたちが聞いてやらんかったということもねがったし、そんげな気《け》振りもしてねかったしさ。葬式から帰って来てからもお前さん方がしょっちゅう来てくれてたしさ」

「そうだったよねえ。どんな話からだったか忘れたけど、こっちでも姉ちゃんの位牌を作ってお参りするかねみたいなことで、お嫂さんが大崎の仏壇屋から位牌を買ってきて、お寺さんに戒名を書いて貰ったんだったよね」

悠子の回想に、夏子も周子も頷いていた。一同はそれぞれの中で当時の様子を思い出しているようだった。

周子が新しくお茶を淹れ替えて、みんなに注いでいると、幹男がその手元を見ながら、苦笑まじりで言った。

「それから半月ほど経ってたかな、また、ばあちゃんが行ったんと」

そして周子を顎で指して続けた。

「お母さんなんかばあちゃんおっかしげになったんでねえろっかと、真剣に悩んだんさ」

「その巫女さんのところへ？」

と悠子が兄夫婦の顔を交互に見て聞いた。

「大崎の巫女さんのとこへ行って来た後、あんなにさっぱりしたげだったのに、今度は広里の巫女さんの所へ行くって言ったんで、まあ、大崎も広里も距離にすれば同じぐらいだとしても、ねえ」

と周子が悠子と夏子の方へ、そう思うでしょといった表情を見せた。

「今度はちゃんと言うて出かけたんね。でも、一言教えて貰いたかったよねえ」

夏子はそう言って、悠子に同意を求めた。

「ところがね、おばあちゃんから口止めされたんだわ。大崎へ行った後でね。そして広里の時にも念を押されたんだわ」

「兄さんたちには喋っても、私たち二人には秘密ってどういうこと、なんで秘密なのよ、ねえ？」

夏子は、悠子の同意を求めるように言う一方で、その口調には面白がって半分茶化すような口調ではなく、何でそんな話を今になって持ち出すのよ、秘密にしておけと言われたのなら、ずっと秘密にしておけばいいじゃないの、との含みが読み取れた。いささか不服げに聞こえたのは、悠子自身の思いがそうだったせいか。

だが、全く知らされなかったとしたらどうだろう。薹が立った話ではあるが、母親が真剣に悩んでいたのを、全く気付かなかったのは事実だ。母も一言だってそれらしいことは匂わせなかった。それでも子なら親の悩みは推し量れというのか。それも出来ない鈍感な私たちだから、話す気にならなかったのか。何よりもあの二人に聞かせるなとは、聞くほどに情けないではないか。それとも内緒にしておかねばならない何かが含まれていたのか。

初めに、巫女さんの所へ行ったと聞いた時の、何でそんなところへ行ったの、本当に死んだ人の言葉を巫女さんが取り次いでくれると、信じて行ったのかねえとの気持ちはひとまず置いて、避けられた自分たちの足りなかった部分を捜したほどだった。

いつの間にか、この話を聞いてから抱いていた半信半疑で、揶揄したい気持ちは消えていた。当時、あんなに何遍も二人で母の話し相手に通っていたのが、何の役にも立っていなかったのだ。

だが、その当時知ったら、どうしてただろう。母が危惧する通り、間違いなくそんな所へ行くのはやめれと言っただろう。母は止められるのを避けたのだ。

「そのうちに言うすけ、今は黙っててさ、って言うのに、陰で電話もできないでしょう」

嫂の立場としたら、姑の口止めだから守るしかなかったというわけだ。

話はそれで終わらなかった。もう一度出かけたと、幹男が言ったのだ。

三回も同じ理由で巫女さん行脚せねばならなかった母の心情は、悠子には理解できなかった。母にとっては長女を、悠子と夏子にとっては姉を偲んで、共に語らう場は充分あった。それでも母は最も気になっていた部分は出さなかったのだ。察しの悪い二人の娘は何の役にも立たなかったのだ。自分たちは母の心に空いてしまった暗い穴を埋める役割すら持てなかったのだ。悠子はそこに拘る自分をしつこいと感じる一方で、そんなものかねえといった感慨を味わっていた。

兄は疾うの昔の話として、母の納骨も済ませた後だから、思い出話の一つとして喋ったのだろう。娘たちでもなく、一緒に暮らしている長男夫婦でもなく、他人にすがらなければならなかった母の心を思った。ここは気を悪くすることではなく、姉がこの世にどんな思いを残したまま去らねばならなかったか、母はそれが知りたかったのだとすれば、姉が残していったものより、母の埋まらない心の空洞が問題だったのだ。母が求め続けたものを、巫女さんは与えてくれたということに安堵すべきなのだろう。

何年頃だったろう。保子は絵里子からの電話で震え上がった。それ以前にもたびたび舅の病院へ姑が付き添いで出かけて一人になったからと、電話をかけてくるのだった。その時も絵里子の方からかけてきた電話で、しばらくとりとめのない話をやりとりしていたが、

「あんね、母ちゃん、私もしかして水俣病でないかと思うんだよね。雑誌で読んだ水俣病と症状がおんなじなんだよね」

と急に話題を変えて絵里子が言ったのだ。

「なにや、なに言うかと思えば。お前《め》がそうだってか、どんげなんでえ」

保子は、絵里子の突飛な言葉に、どう応えたものか迷いながら、それでも真剣らしい娘

の口調に合わせて聞いてみた。

「手がしびれてさ、震えるんだわ。それと何だか疲れやすくて、母ちゃんそんなふうになったことない？」

続けて問う絵里子の言葉。どっちも保子には経験済みのことだった。自分は年寄りだから、体にどんな異変が起きようと年のせいだと考えて、どうしょうばこれだけ永の年月使い続けてきたんだが、あっちこっちおっかしげになったって当たり前だわやと、自らを慰めていた。だが、絵里子はまだ四十三でしかない。人生で一番脂ののっている最盛期だ。おらとおんなじように体がおっかしげになるなんて、何て言えばいいやら。保子は受話器を握ったまま言葉に詰まっていた。よりによってあの水俣病を遠くに住む娘から聞くとは。

「母ちゃん、聞いてる？」

「ああ、聞いてるわ。医者に診て貰えね」

「勿論診て貰って、薬も付けたり飲んだりしてるけど、効かないんだわ」

そんな時に雑誌で、日本の公害病を特集している記事があって、その中に新潟水俣病も出ていたという。

「もしかして、私その新潟水俣病だろっかと思って、母ちゃんに聞いてみようと思ってさ」

「何でおらに聞くってか」

途端に一オクターブ高くなった保子の声を聞いて、絵里子は、

「この病気、母ちゃん知ってるろ？」

「ああ、知ってるわ。新聞に出てることもあっしな、テレビでも言うてっしな。それだがなんでお前がそんげな病気になるってか、馬鹿言うなや、あの病気はなかなかなんだで」

「母ちゃんはどっこもおっかしげなとこない？」

「ああ、今んとこはの」

絵里子の問いにそう答えたものの、なんでおらがどっこも悪いとこがねえなんて言わろば、お前とおなじで夜なんか手がしびれて寝らんねこどもあっわや。足も突っ張ってその痛えのなんの、そん時は息も出来ねがな。正直に言えばそういうことだが、そう言うていいものやら。

「あのさ、新潟ではこの病気をよく知ってる医師がいるんだってね、本に書いてあったんよ。私、いつか、一人で帰って診察を受けてみようかなって思うんだけど」

「そんげなこどして、家の人《しょ》に知れたら大事《おおごと》になっかんでねえんけ、よう考えてみれ」

そんなふうに言い聞かせて、その日は収《おさ》めたのだった。

絵里子との電話で、にわかに自分の体の不調を水俣病のそれと合わせてみれば、あれもこれもいつか新聞で見た症状に似ている。

だが、まさかとの思いの方が大きかった。おらの場合《ばえ》は年寄り病気だ。隣りのばあちゃんもおらとおんなじに手が震えるて言うてた。あのばあちゃんは肩からずうっとつながって痛《やめ》るげだ。この間お茶のみに集まった年寄りたちの喋ることはあっちが痛えだの、こっちがおっかしげだのとそんげな話ばっかだった。誰も水俣病のみの字も出す人はいねかった。ここらで水俣病を喋る人なんていね。間違えねえ年寄り病なんだ。保子は自らに言い、今度絵里子がなんか言うて来たら、きっぱりと言うて聞かせんばと腹に収めた。

絵里子はよほど気になるらしく、再三電話をかけて来た。買い物先からかけていると言うこともあった。

「母ちゃんはよう考えれって、それしか言わないんだよね。でも、こんなに震えたりしびれたりしていて、何でもないって事は考えられないもんね。私まだ四十三になったばっかりなんよ、どう見たっておかしいと思う」

そして、思い詰めたように、

「母ちゃんに反対されても、私その医師の診察を受けに行く」

「したってお前《め》、ただ、その病気に似てるってだけでは、話にならんで、もしかして更年期だかもしんねろが、少《ちっと》し早すぎるろものう」

「何としても受けさせたくないってわけ？　更年期障害だなんて言い出して。昔は阿賀野川の近くに住んでたんだし、いっつも川魚を食べてたんだから、母ちゃん、忘れてないよね。私たちよりずっと前から、いっぱい食べてたんだから」

「なに忘れろばやれ。よう覚えてっわや。それだがおらはじめ、幹男も悠子も夏子もそんげなことはねえすけな。お前だけに出て、同じに食うてて後の者《もん》には出ねってことは考えらんねろが」

　この勢いなら、明日にでも来そうに思われて、保子は自分の症状は語らずに、悠子や夏子らを例にとって、絵里子の気勢を削ごうとした。それが効いたのか、それとも他の理由があってのことか、絵里子はそれ以後言って来なくなった。

　そうなるとまた保子は娘の症状が気になりだした。疲れやすくてとも言っていた。体を騙し騙し年寄りたちに仕えているとしたら、なんと可哀想げな、むごいことを言うてしもたろっか、せめて絵里子に甘い連れ合いが朝晩だけでも助けてくれると、あの子の荷が軽くなるんだが。しかし、両舅がまだ嫁としか見てくれない、娘の立場を思いやれば、実家の母親が特別のことでもない限り、電話などかけられるものではないことは弁えていた。今度かけてきたら忘れずに言わなければと、胸に強く収めていた。

絵里子の言う通り、保子は阿賀野川の川添いの村に嫁ぎ、農家の嫁として両舅と農作業に明け暮れていた。田地は少なかったから、夫も舅も賃仕事に出ねばならない生活ではあったが、当時はみじめとも思わず、もともと貧しい家に育ってきたから、それが当たり前と不満にも思わなかった。

畑で採れた野菜などは姑が近くの町で開かれる市へ行って売り、屑野菜と川から捕ってくる魚が常食であった。朝に昼に夜に立て続けに食べた。具沢山の味噌汁は鍋一杯作って、家族全員で平らげるのが常だった。川魚に慣れるまで保子は魚の泥臭さが鼻について困ったが、月日が解決してくれた。好き嫌いを言う身分ではないことは子どもでも弁えていた。

末の夏子が生まれた年の秋、大雨が長く降り続いて、上流の山で土砂崩れが起き、その上、阿賀野川が増水したために、村の男たちは総出で警戒に当たっていた。

どんなはずみだったのか、夫の邦男は川に流されて溺死した。一緒に川へ入って上流から流れてくる流木などを、岸辺へ追いやる役をしていた仲間が言うには、足を滑らせて溺れたのではないかということだった。濁流の激しい流れは大の男を一瞬にして飲み込んで下流まで運んだ。

後年、保子は悠子や夏子と一緒に水俣病の被害者として、医療の支援を受けることになった時、はたと夫邦男の溺死を思いやった。もしかしたら、あの時、突然、足にこむら返りが起きたのではないか。子どもの頃から川が遊び場だったとよく話していたし、年寄りたちもそれは思い出話の一つとして語っていたが、よく知り尽くしていた川で命を落とすなんてあろう事か。その上、丈夫でどこかがおかしいなどと言ったこともなかったのだ。もし、増水していた川の中で、不意にこむら返りに見舞われたとなれば、慌てただろうし、考えられることだ。

自分はこの家に来てから川魚を食べるようになったのだが、夫は親たちもそうだが長年常食していたのだ。それだからというわけではないが、一足先にその症状が出たとしても不思議ではないはずだ。

保子はそんな思い付きを幹男にも二人の娘たちにも語った。誰もまさかとは言わなかった。

夫の死後、長く続いた貧しい生活から解放されたのは、年寄り二人を見送り、奨学金で大学を出た幹男が、地方公務員として働きだしてからだった。

大学で知り合ったという周子は、地方銀行に勤めていたが、結婚することになって、二人とも家から通うには遠すぎるので、この際農地と宅地を手放して、新潟市内に住みたいと言い出した。保子に異論はなかった。百姓は嫌いではなかったが、この先若い者の希望を叶えた方が、何かと都合がいいことは目に見えていた。

だが、農地が手早く売れるわけはなく難儀したが、見かねた保子の兄が引き取ってくれた。幹男たちがあてにしたほどの金額にはならなかったが、かねて見つけておいた団地の建て売り住宅は諦めて、近郊の町で中古の家を買う足しにした。

長女の絵里子は、既に新潟市内で就職していて、会社の近くで古いアパートを借りて自炊していたが、思いがけない展開で一番喜んだのは彼女だった。

その年、高校を出た悠子は職安の紹介で米菓会社に就職した。

その後、会社の掲示板に貼りだしてあったという、工場内の清掃員募集の張り紙を見た悠子の報せに乗って、保子は清掃員として働くことが出来た。稼ぎは僅かなものではあったが、幹男夫婦の経済に少しでも荷担できたことが嬉しかった。

だが、喜びもつかの間、一年後には孫の誕生で子守役が必要となって辞めた。惜しい仕事場ではあったが、初孫の誕生以上の喜びはなく、保子は潔く家に入った。

秋のある休日の昼下がり、絵里子がひょっこりと連れあいの運転する車で現れた。

「家を出た時は近くをドライブするつもりだったんだけど、この人が急に新潟まで足を伸ばすかって言ってくれて、思いがけず来られたんよ」

そう言う絵里子の声は、頻繁に電話をかけてきた頃より、明るく弾んでいるように保子には聞こえた。

たまたま幹男も家にいて、長男夫婦と絵里子の夫が茶の間で談笑している時、保子が台所へ行くと、後を追うように絵里子がついてきた。

「あの話はどうなった、一人で診察を受けに来たか。心配してたんだが」

保子は小声で聞いた。

「母ちゃんが一緒に行ってくれないって言うし、悠子ならどうかなって思ったりもしたんだけどね、まだ迷ってる。諦めたわけじゃないよ」

「おら、思うんだが、お前《め》がもしその病気だと分がったとしたらだでえ、紗江ちゃんや美希ちゃんの将来に差し障りが出ねけ。おら、それが心配《しんぺ》でな」

と絵里子の二人の娘の名前を出して、かねて心に引っ掛かっていたことを伝えた。

「私が読んだ本には、患者さんのそんな話も出てたけど、地元じゃないからどうだろう」

「いいか、よう考《かんげ》えれ。子のためだとなれば我慢も必要だろうが、動かんねわけでもねえしな」

「診て貰うだけだよ。そんなに大げさに考えなくても」

「そうか、用心に越したことはねえんでえ」

母娘は、短い時間に慌ただしく小声で言葉を交わした。

二人を見送った後、幹男と周子は、彼らの乗用車が新車で3ナンバーだったので、さすが高給取りは違うねえと感嘆していたが、そんな二人の傍で保子は、あの時、かねて心に収めておいた考えを忘れずに伝えられたことに安堵していた。

今では保子をはじめ、兄妹たちは新潟水俣病の被害者として医療補助を受けている。幹男の勧めで母娘は専門医による健康診断を受けた。その手段を彼は毎日の通勤途中で聞くカーラジオで知ったということだった。

「おれも退職したら受けるつもりだ。どうみてもおれたちの手や腕のしびれや震えは年のせいだけではねえてば。ばあちゃんなんかどうかすっと立ってらんねほどめまいがするってのも、そのせいだとおれは思う。おれはまだそこまではなってねえろも、いずれおんなじになる。いいチャンスだ、行ってこいね、お前さんがたも足が攣《つ》ったり手先がしびれたりしてんだすけさ」

幹男にそう勧められた時、保子は咄嗟に絵里子の言葉を思い出していた。

ああ、もう少《ちっと》し早うに分がってれば、あの子も受けらったんだ。水俣病かどうかあんげに知りたがってたんだが、おれがあの子の足引っ張ったんだ。もう少し長生きしてればなあ。もしかしたらと、あの子から聞いた瞬間、おらあわてた。それだんが真剣に悩んでたのは、声の調子で分がってたし、正直どうしたもんか、本当《ほんね》に困ったんだ。その挙げ句やめさせた。あっちの親や連れ合いに知らったら、せつねえ思いをすっかんはお前《め》だ、子のことも考えれなんて言うて追いやった。それきり言うて来ねなった。今頃ぐずぐず言うてもしょうことねえろも悔やんでる。

三人揃って受けた健康診断の結果は、幹男の言う通り水俣病とされた。医師の勧めで水俣病の申請は出したものの、二年も経ってからようやく通知が来たが、三人揃って棄却だった。認定はされず、医療手帳が交付された。

その後、定年になって診察を受けた幹男も、三人と同じ手順を踏んで結果も同じだった。

この一件については、悠子も夏子もそれぞれの連れ合いには話したが、子どもといっても既に社会人になっていて、差し障りがあるとすれば、いずれ直面する結婚の時だろう。

幾ばくかの不安はあったが、昔ほどの偏見はなくなったと、新聞などではよく目にする。

そうであってくれればいうことはないが、いずれ話すとしても今は伏せておこうとなった。

悠子にしても夏子にしても、それぞれの友人たちとの会話でこれが話題になったことはない。周りにこの病気を話題にする人たちがいるかどうかも分からない状態なのだから、徒に事を広げまいとなったのだ。

今時の教育を受けた子どもたちは、この病気に対して大人たちほど偏見は持つまいとは思われるものの、矢張り二の足を踏ませるものがあった。殊に、保子は知らせない方が安全だという考えに固執して、いつになく強く言い張った。

「今から思えば、じいちゃんやばあちゃんが中気で手足が思うようでねがったんだてや、もしかしたらこの病気だったかもしんね。あの頃でも水俣病の裁判《せえばん》にあの村でも仲間に入《へ》った人《しょ》がいたげなんだろも、おおっぴらにおれが本人だなんて言う人《しょ》はいねがったすけの。

どうして幾ら身内だけの話だいうても、おらたちだけにしておかんば」

「おばあちゃんは、赤の他人の巫女さんに、胸の内を吐き出して、慰めて貰って、気持ちよく帰ってきたってわけね」

「まあ、そういうことでしょう。何もかも片づいたみたいに、さっぱりしたげだったからね」

「恐らく巫女さんにとってはおばあちゃんは一見の客だろうにねえ」

との夏子の言葉に、

「客！」

と悠子が叫ぶように言った。

「だってそうでしょう、なにがしかのお礼はしてきたんだろうから、違うの？」

「払ってきたと思うけど。無料《ただ》ってことはないでしょうよ」

夏子と周子のそんなやりとりを聞いていて、

「でも、本当にそんなこと信じたんだろうか、不思議」

と悠子は独り言のように呟いた。

「そうだよねえ、おばあちゃんがそういうことを信じてるなんて、思いもしなかったよねえ。お嫂さん、それ聞いた時、本当だと思った？」

夏子の問いが周子に向けられて、当惑したげな彼女の視線が、リレーのバトンでも渡すように幹男に向けられた。

身内だけで遠慮も打算も必要でないはずなのだが、口ごもった周子は即答を避けたのだ。

「その晩のうちに聞いたんだったかな、あやふやになってんさ、おれの頭も。きっとなんて言うてみようもねがったんでねえか。おらたちに一言も漏らさんでさ、一度どころか三度も行ってさ。そん時はなんか思たし、遠回しになんか言うたかもしんねろも忘れた。本人が行って良《い》がったて言うたんだし、そう思たんだすけ、いいんさ」

「兄さんの言う通りではあるけどさ、子供がぞっくり揃ってるのに、赤の他人に助けを求めるなんて、釈然としないね、私は」

夏子はしつこく言い続けていた。

「おれたちが何人雁首揃えてたって、死んだ者がどんげな思いを持ってたかなんて、ばあちゃんに聞かせらんねろ、知らねんだすけ、そうだろ、魂と喋り合うなんて出来ねさ」

「喋り合うの？」

夏子がびっくりしたような口調で聞いた。

「いや、分からんろもさ、そういうことなんろう」

「巫女さんが亡くなった人の思いを伝えるんでしょ？」

周子が幹男の言葉を補うように言った。

「で、おばあちゃんは絵里姉ちゃんの何を聞きに行ったの」

悠子の問いに、周子が答えた。

「おばあちゃんは、絵里子さんが新潟水俣病の検診を受けたいって言うてた時があったのを、止めさせたんだってね。その後、みんなが被害者として医療手帳を貰えるようになって、あの時、もしかしたら早い更年期だかもしんねろがとか、いろいろ言うたらしいんだわ。そしたら絵里子さんがそれっきり一言も言わなくなって、ほっとしてたんだね。でも、裁判の仲間にも入らんで手帳を貰えるようになって、いろいろ考えたんだわね、悔やんでたんだろうね」

「知らなかった。おばあちゃんも水くさいよね、なんにも言わないんだから、ねえ」

夏子の言葉に悠子は頷きながら、言った。

「おばあちゃんて、そういうところがあったよ」

「うん、あった。心配だとか気になってとか、ね。ずっと後からになって、あん時はほんに心配で夜も寝らんねかったわのなんて、よく言ったよね」

「隠居婆《ば》さが、夜も寝らんねぐれえ何を心配してたんだやら、大げさだ」

悠子たちの話に、幹男は水を差すように言って、笑いながら席を立った。

いつの間にか、悠子と夏子の連れ合いが、茶の間から姿を消しているのに気付いて、探しに行ったのかも知れなかった。

悠子たちは連れ合いのことは兄幹男に任せて、兎に角、びっくりさせられた顚末の全てを知ろうと周子に語りかけた。

「で、その巫女さんの所で、どう言われて来たんだろうね、すごくさっぱりした顔をしてたって、お嫂さん、さっきそう言ったよねえ」

振り出しに戻って、悠子は聞いた。

「そう、もう昔のことで、正確には覚えてないけど、要するに、恨んでもいないし、今は幸せにしてるみたいなことを言われたって」

「今は幸せ！」

悠子と夏子が、同時に素っ頓狂な声で言った。それは叫びにも近かった。

「なに、それ！　ねえ」

悠子に同意を求めるような夏子の声には、信じがたいと言いたげなニュアンスが汲み取れた。

「おばあちゃんにしてみれば、自分たちだけが手帳を貰って、あんなに診察を受けたいって、何遍も電話をよこしていた絵里子さんなのに、自分がぴしゃっと止めさせて、気がとがめたって言ってたからねえ」

「それ、いつ聞いたの？」

まだ食い下がろうとする夏子へ、悠子は、

「みんなおばあちゃんの昔の秘密、ね」

と言って締めた。

再び戻ってきた幹男に、夏子がお父さんたちどうしてた？　と聞いた。

「姿が見えね。釣り堀にでも行ったかもな。行ってみてくる」

再び家を出て行く幹男の後ろ姿を見ながら、悠子は気になっていたことを口にした。

「大崎はまあ行き慣れた町だから、巫女さんがいるのは知ってたかもしれないけど、広里や桐沢？　三度目に行った所。よく知ってたね、おばあちゃん」

「私もそう思って聞いたんだわ。そしたらこの年まで長々と生きてきたんだがの、それぐれえは知ってるわのって、あっさり言うもんで、広里も桐沢もかね？って聞いたら、そういう所へ行ってると人が教えてくれるんだってね」

ということは、巫女さんを通して亡くなった人の思いを知りたいという人が、そんなに多くいるのだろうか。時には待たされるほど人が頼って集まる所なのだろうか。悠子には桁外れたどこかの世界のように思われたが、母はその世界に足を踏み入れていたのだ。

自分たちの住んでいるすぐ近くで、この世とは一線を画す世界があったのだ。いや、母がひょいと跨いだくらいだから結界など無いのか。

そんなことを考えていたら、自分の今座っている場所が、ゆらりと傾いだような錯覚にとらわれた。

「今日は思いがけない事を聞いてしまって、不肖の娘はどっきりしたり、ほっとしたり、ね」

と夏子は悠子に言って、立ち上がった。

歳月

連中がてんでに玄関を出て、正面に横付けされている旅館の送迎バスに乗り込んだり、外で一服つけていたりしているのを、秀和は二階のエレベーター脇の窓から確かめて階下へ降りた。

いつもとは違う行動を取っても、誰も不審に思う者はいないはずだ。今朝、どうやら昨夜食い過ぎたらしい、少し腹の具合がおかしいと、先手を打っておいたのだ。

とにかくここを出る前に確かめておきたい気持ちと、確かめてどうする？　もし、本人だったら？　と自問しながらも結論は出せなかったが、知りたい気持ちと、もし本人だったら、どんな顔をすればいいんだ？　と迷う気持ちに振り回されていたのが、正直のところだったから、連中と一緒の時にばったりという事態は避けたかったのだ。それであらかじめ腹の調子がおかしいと言っておいて、ひとまずトイレで時間稼ぎをしたのだった。我ながら年甲斐もないことをしているとは思ったが、他に妙案も浮かばなかったのだ。

今朝、あの女が仲居たちと見送りに出てくれば、おれの勘は外れたということだし、出てこなかったら、よほどのことがない限り、女将が出てこないということはないだろうが、もしそうだったら間違いなく本人だ。

秀和が玄関に現れると、バスに乗る客の最後の一人と認めた仲居たちが、一斉に玄関の前に並んだ。

いない。いても出てこないということか。おれを見て咄嗟に姿を隠そうとする女は、彼女しか思い当たらない。

昨夜、酒席がいよいよ盛り上がり、下戸の秀和は用を足すふりをして部屋を出た。いつものことで誰も呼び止めたりはしない。

同期入社の男女十五人で始まった年に一度の親睦会も、三十年も経った今年は、男だけ七人しか集まらなかったが、今年の幹事役は隣りの県まで足を伸ばし、会津若松市内のあちこちを見て回り、宿泊先は東山温泉のあまりぱっとしない感じの旅館になったのだ。連中の思惑は少しでも宿賃を浮かせて、それを飲み代にまわそうということらしかった。もっとも新潟市内近郊の温泉は殆ど踏破しつくしていたから、たまには気分転換でいいんじゃないかとの、幹事の選択に異議を唱える者もいなかった。

秀和は飲めないとはいっても、乾杯のビールくらいは飲み干せる。それだけで宴席の酒を独り占めしたように真っ赤になった顔のまま、空腹に任せて膳の料理をあらかた食べ終えると部屋を出た。

エレベーターを降りて、帳場前のロビーに向かった。しばらくそこで時間をつぶすつもりだった。

受付のカウンターに背を向ける格好で腰を下ろそうとして、背後に何となく視線を感じて振り向くと、今まさにカウンターから離れて、そそくさと隣りの部屋との間に掛かっている玉のれんを払って、姿を消す着物姿の女将らしい女の後ろ姿を見た。

うむ？　なんだ？　おれを見るなり隠れる？　なんでだ？　仲居たちとは違う柄の着物を着ているということは女将だろう。それともおれの思い過ごしか？　それにしては不自然じゃなかったか。

まだ揺れている玉のれんの向こうに消えた女将らしい女は、どっちかと言えば肉付きのいいわりに機敏に動いた。さっと玉のれんの向こうに消えた動作は、日頃動きなれているからだろうか。

誰だろう。こんな所でおれを知ってる女は……、えっ？　まさか……。たちまち彼の脳裏に広がり始めたあの人。秀和は悪事でもばれるのを恐れるかのように、全身がかっかしているのに気付いた。慌てるな！　そうだとしても、その時はその時だ、挨拶すればいいだけのことだろうがと、自らに言った。

それでも何十年も忘れていた相手を、瞬時に思い起こすとは、本当にあの女か。だが、もしやと思う相手は、いや、おれと知って隠れる女は一人しかいない。秀和はこだわり続けていた。


バスが動き出して大通りに出ると、仲間の一人が運転手に語りかけた。

「女将は新潟の出だってねえ。昨日、着いて受付で名乗ると、お待ちしてました、私も新潟なもんでと言われてね」

やっぱり！　秀和は昨夜の推測が当たったことに、年甲斐もなく心をぐらつかせ、慌てんな、もう二度と会わねんだすけと、ふっと息を吐きながら内心で呟いた。

「そうなんです。私も新潟者《もん》です」

「ほう！　出稼ぎかな」

誰かが言った。

「まあ、そうでしたね。今は女将の義理の息子という立場です」

どうやら運転手も話し好きらしい。意外な会話にまた他の者が加わった。

「ということは、女将の娘と結婚したわけだ」

「いえ、女将は子持たずなもんで、両養子です」

「子持たずだと！　やっぱり新潟者だぁ」

「で、あんたの奥さんになった人も新潟の人かな」

「いえ、家内は元社長のまきから来ました」

「なるほど。まきなんて言うところをみれば、まだまだ新潟者だね」

「女将の旦那が元社長ということは？」

他の者がまた口を挟んだ。

秀和はさりげなく、それでいて興味ありげな様子を見せて、運転手で女将の義理の息子になったという男の言葉を待った。

「現在の社長は女将です」

「前の社長は？」

「はあ、亡くなったんです」

そうか。女将で社長か。次の跡取りは両養子。これまでバスに乗っている連中と共有した、一泊だけの縁だったあまりぱっとしない旅館の内輪話を、秀和は内心で反復していて、いきなり過去に引き戻されたことに気づいた。

いや、まだ確信はない。もう一言、女将とこの男が新潟のどこの出か分かれば……、誰か聞いてくれ。秀和の思いなど知る者はいない。死んだのは病気かと、誰かが後ろの座席から運転手に聞いていた。

「そうなんです」

「今はやりのガンとか？　それであんたは婿になれた。次期の社長ってわけだね」

「それであんたたちは新潟のどこの出だね」

あれこれ考えて躊躇していては、肝心の情報が得られないうちに駅に着いてしまいそうで、秀和は意を決して聞いた。心臓がどくどくと脈打って腰掛けていなければ、めまいを起こしてしまいそうだった。しかし、運転手は車線を変更するらしく車の列に気を向けていて、客の問いに答えられそうもなかった。漸く右車線に入って運転手がちらと頭を動かして答えた。

「昔は中蒲原だったのが、平成の大合併で新潟市になりました」

中蒲原のどこだねと、もう一言問うてみようかと思ったが止めた。そこまで聞けばおれには充分だ。やっぱりそうだった！

「ちょっと聞きづらいんだけど……」

秀和と範子は、毎週土曜の午後会っていた。二人は隣り合ったビルで働いていたが、最初に声を掛けたのは秀和の方だった。顔立ちも身なりもちょっと目立った女で、背も高からず低からず、釣り合う！　と勝手に決めていて、いつか声を掛けるチャンスを狙っていた。

たまたま退社時間が合って、信号待ちで顔を合わせているうちに、お茶に誘ったのだ。それ以来、会えば道草をするようになった。

古町の通りをいつものように白山神社の方へ歩いていた時、その日に限って、口数が少なかった彼女が言ったのだ。

聞きづらいことって何だ？　秀和はたいして気にも留めず内心で呟いて、無言で範子の方へ顔を向けた。

「なに？」

言い出しておきながら、言い渋っている範子に、促すように聞いた。

「気を悪くさせたらごめんね」

「だから何だって」

「本当に聞きづらいんだけど……、あんたのお母さん水俣病なんだって、ほんと？」

目が合った範子の顔は、笑みを作ろうか、唇をゆがめて今にも不平を言おうか、迷っているのか、判別がつかない表情を見せていた。

水俣病？　ああ新潟水俣病かあ。秀和は心の中で反芻してうーんと小さくうめいた。すっかり忘れていた。そんな話は確かにあった。だが、大昔のことだ。

彼がまだ小学生の頃、姉たちが人から言われたと、悔し泣きをしていたことを思い出した。

歩きながら秀和が脇の範子の方を向くと、また目が合った。おれがどんな顔をするかずっと見ていたのか。秀和はさりげなく視線をはずしながら内心で思った。

「まだ、返事を聞いてないいんだけど」

範子は彼に返事を促した。

「なんで、そんな大昔のこと聞くんだ？」

「大昔でもないと思うけど。そうなの？」

「正式に親から聞かされたことはなかった。今聞かれて、姉たちがそんな話をしてたことを思い出した。誰から聞いた？　おれの母親が新潟水俣病の患者だと」

「そんな話？　軽く言うことではないと思うけど」

内心でふーんと呟いていて、中学へ行っていた姉たちが、誰にどう言われたのか、奥の部屋でこそこそと話しながら、泣いていた状景を脳裏に引っ張り出して、今も範子が言った軽く言うことではないとの言葉に重ねていた。

すっかり口数が少なくなってしまった範子の気を引き立たせたくて、いつもならまず昼飯を食べるところなのだが、ちょうど目の前に喫茶店があったので誘うと、硬い表情のまま、

「私、用があったのに忘れてた。帰るから」

じゃあとも言わずに、さっと振り返ると足早に、今来た道を引き返して行ってしまった。なんだよ、それはねえだろが。秀和は、範子の後ろ姿をあっけにとられて眺め、水俣病がどうしたって？　と内心で毒づいた。

それ以来、範子は毎週末、待ち合わせ場所にしていた本屋に来ることはなかった。帰りにばったり会うこともなくなった。おれを避けてんだろう。水俣病が気にくわないんなら、はっきりとそう言ってけじめを付ければいいんだ。嫌われたと分かったんだから後追いなんかしねえ！　と腹の底で強がってはいても、当座はそれとなく彼女の後ろ姿を捜していたものだった。

水俣病がどうというわけではなく、秀和の母親が新潟水俣病の認定患者であることを、範子が問題にしたのだと、しばらくして気付いた。秀和にとってその病気は遙か遠くに、殆ど忘れ果てていたものだったが、気付いて初めてそれは途轍もなく巨大な怪物で、みるみるうちに目の前に迫り、秀和の前途に立ちはだかった。

秀和は何となく二十五歳になったら結婚しようと考えていた。二十五に特別の意味はなかったが、他県に住む二人の姉が、それぞれ結婚した時の相手が、偶然にも二十五だった。それに倣っただけだったが、おれが二十五ということは彼女は二十四だ。早くはないが遅いというほどではないだろう。あと一年と少しある。付き合うようになって二年近く経っているんだし、もうそろそろ話を出してもおかしくはないはずだ。貯金もたまった。秀和は密かにそんな計画を立てていた。そんなだったから範子から拒絶されるとは夢にも考えていなかった。

やり場のない鬱憤なのか落胆なのか、自分でも始末が付けられず、されば気の合う同僚にぶちまけて憂さを晴らす勇気もなかった。

新潟水俣病！　それがどうしたって！　おれが全然気にもしてねかったもんを、なんであんたが問題にするんだね。おれの母親が認定患者だとどうだというんだね。

秀和は、おや難儀、おや難儀と言いながら、上体を反り返して腰を伸ばしながら、わずかな畑を耕したり、家の周りのあちこちを片付けたりしている母親の姿を脳裏に浮かべ、同時に、再び会うこともなくなった範子をも同じようにして、あの日硬い表情を崩しもせず、目も合わせずに立ち去った時の彼女に向かって、心の中で不満をぶちまけていた。

実際、秀和は生活の中で、母親がこの病気で苦しんでいるとは知らなかった。母の口から一度も水俣病という言葉を聞いた記憶はないのだ。結構疲れたとか、頭痛とめまいで起きていられないと言って、夕食が済むと早々と床につくのはしょっちゅうだし、風呂上がりに両足のふくらはぎに、医者から貰ってきた大判の外用薬を貼るのが習慣になっているのも知っていた。だが、それが水俣病のためだとは知らなかった。年取った母親の持病ぐらいに思っていた。うかつだった。どうしてそんなにのべつ幕なしに頭が痛くなるのか、せめて一度ぐらい聞いておけばよかったと悔やんだ。

祖父が卒中で亡くなり、何年かして父、祖母も亡くなった。どういういきさつを経てか子供だった秀和の知るところではなかったが、田んぼは親戚に作ってもらうことになった。母親一人の力では到底無理なのは、秀和にも分かった。

おれがぼんやりだったのは認めるさ。それでも誰から耳打ちされたか知らないが、一度家へ来て母親に会って、自分の目で確かめてから、白黒つけたって遅くはなかったと思わんかね。それならおれも納得したさ。

秀和は脳裏の中の範子に向かって感情を爆発させたり、時には一歩下がって窺うように言ってみたりした。

そんな独り相撲を繰り返し続け、そして弱々しく認めたことは、自分が知らず知らずのうちに向き合っていたのは、範子ではなく新潟水俣病という揺るぎない存在で、秀和一人の言い分など、物の数ともされないものに向かっていたのだと、知ったことだった。

秀和が結婚したのは二十九歳の十二月だったが、その前に母親の実家から持ち込まれた縁談を二度も断ると、さすがに立場がないと母親が嘆いた。

「何とかせえや。義理にでも見合いをしてくれや」

その気もないのに会ってから断るのは、相手に悪いだろうとの彼の思いは通らなかった。ぐだぐだと母親から文句を言われながら、母親が言うように仁義立てする気にはなれなかったのは、どこかでまだ範子を引きずっていたわけではなかった。最近、意識する相手が現れたのだ。

仕事帰りに会社の同僚と寄り道をする時、いつも一緒だった牧子の存在に気付いた。目立つタイプではなかったから、いつも何となく一緒にいる連中の一人ぐらいにしか思っていなかったのだが、飲める口でもないのに中座することもなく、沢山も喋らないが無口というわけではなく、適当に座持ちが出来る女だという印象を持った。

秀和は、彼女のはす向かいに座って、仲間が調子に乗って喋るのを、面白がって聞きながら食べている彼女を見ていて、うまそうに食う人だな、いや、きれいな食い方をするというか。久々に女性にそんな感情を持ったのが、自分でも不思議だった。

牧子の両隣りの男たちが、彼女を挟んで盛んになにやら合点しながら喋っているのを、秀和は興味を持って聞くふりをしながら、それとなく牧子を観察していた。時々、牧子と目が合うこともあった。男たちの話に合わせるように笑みを交わすこともあった。

きっかけはそんなところだったが、牧子の方でも秀和を意識したのか、ある日、残業もせずに帰ろうとする彼と通用口で会うと、

「お茶でも飲みませんか」

と誘った。秀和に断る理由はなかった。

少し歩いて、牧子の案内で小さな店に入った。席はカウンターだけで、客たちは馴染みらしく、牧子が連れと入って来たのが珍しいのか、奥の方にいた彼女と同年齢ぐらいの女性が、体を伸ばして牧子にほほえみかけた。牧子もまた、私にだってたまには付き合う人はいるのよ、との含みを込めたらしい笑みを返していた。

おしぼりを使いながら、牧子はたった今受けた笑みなど無かったかのように、

「日が短くなったけど、お天気がいいとまだ明るいでしょ。こういう日はまっすぐ帰る気がしなくて」

と言った。話題にはしなくても、馴染みの笑みを、彼女が充分汲み取っているのが、目も口元もほっこりと緩んでいるように見えて、想像できた。

「それで暇げなおれをさそったわけ」

そ、と短く答えて、きれいな歯並びを見せて笑った。

そんなことがきっかけとなって付き合いが始まった。何度か二人だけで会っているうちに、互いにいい年をした自分たちの一番の関心事は結婚だと認め合った。秀和は、ええいっとばかりに言ってみた。

「いっそ、結婚してしまおうか、おれたち」

「そう来てくれないかなあと、実はちょっと前から思ってたと言えば、あまりにもあけすけでロマンスがないねえ」

「結婚は現実だ。そうはいってもおれの場合、きつい難題があって、それを聞いてから決めた方がいいよ」

こんなに話が調子よく進んでいいことはない。秀和は自分にブレーキを掛ける思いと、かつての二の舞を避けるために、母親が水俣病患者であることを話した。

牧子はいつもの癖で片肘をテーブルに乗せ顎を置いて、まっすぐに彼を見ながら聞いていたが、一、二拍おいてから、

「そう言えばあったねえ。かなり昔のことじゃないの。高校？　中学だっけ？　公害問題でちらっと習ったよね。阿賀野川の近くなの、お宅は」

と言った。

「あったねえじゃないよ。今だってこの問題は続いてんだから」

「そうなの！　知らなかった。で、お母さんのその病気が、どうして安原さんのきつい難題になってるわけ？　寝付いているとか、その介抱で大変とか。今、お幾つ？」

矢継ぎ早に問いかけてきた牧子に、秀和は親たちは百姓だったが、父親が亡くなった時

に田んぼと畑は親戚に貸して、自分たちの食う野菜作りは母親の楽しみになっているようだと伝えた。

「それだけ出来れば病人とは言わないんじゃないの、お幾つ？」

「ああ、年ねえ。おれに三十足して五十九だな。だからさ、あんたもよく考えて。少し新潟の水俣病について調べたりしてからだな。おれのほうは喋ったぐらいだから覚悟はしてるからね」

気まずい沈黙が続いた。秀和はこれで片が付いたなと半ば諦めた。自分で清水の舞台から飛び降りる覚悟で切り出してはみたものの、矢張《やっぱ》りやばい！　と内心で自らの言葉を打ち消していた。

しかし、二人はその年も押し詰まった十二月に結婚した。意外にも牧子は本人同士の問題だから、お母さんの病気は気にしないと言った後で、笑いで誤魔化したいのか白い歯を見せながら、

「出来れば今年中に式を挙げたいんだよね。私、来年の一月には三十歳になるんで、三十の花嫁より二十九歳の花嫁でセーフしたいんだけど」

と、おどけた口調で言ったのだ。秀和も彼女の苦笑につられながら、「そうするか」と応

じたのだった。

何であれ、息子がこの年になるまで身が固まらなかったことを、気に病んでいた母親の寿子にとって、秀和の知らせは願ってもない喜びであった。

式の前に母親に挨拶をしたいという牧子を家に連れて来ると、寿子は日頃秀和が聞いたこともない丁寧な言葉で、深々と頭を下げて挨拶をした。

座卓をはさんで向き合って座っている二人の間にいた秀和は、驚きをそのまま言葉にして言った。

「母ちゃん、そんげにかしこまんなてば、メッキはすぐ剝げるねっけ」

「なに言うてっか。おら、本当《ほんね》に有り難《ありがて》くて礼を言いてかったんだわや」

寿子は硬い表情で秀和を制してから、牧子に挨拶はここまでにして貰《もろ》いますさねと前置きしてから、普段の口調で言った。

「おれがみんな話したすけ、お前さんはなんにも言わんたっていいんだてと、こん子は言いましたろもね、おらからも一言言わせておくんなせね」

何を言われるのかと、一瞬緊張したような面差しを秀和に向けた牧子は、やがて寿子にはっきりした口調で、はいと言った。

「ここらん人《しょ》の大半とは言いませんろも、少し前《ちっと》まではかなりの人は阿賀の川魚を食うてましたんだ。昔はスーパーもありませんしさ、肉なんて滅多に食わんねかったんですわね。おらの生まれた家の目の前が川だし、父親もじいちゃんも魚を捕るがんが本職で、金になる魚は売って、雑魚は家の者《もん》が三度三度食うてましたんだ。魚で大き《おっ》して貰たんですわね。その魚が元で体のあっちこっちがおっかしげになってねえ。そんでも二十四の時この家に来ましたんだが、そん頃はねぴんぴんしてましたわね。ここん家《ち》も商売にはしてませんかったろも、男衆《しょ》は食い扶持ぐれえは捕ってましたしね。姑さんと畑に出てたし、春秋の田の仕事だてや誰にも負けね気で頑張ってましたわね。

これの上に姉が二人いますあんだ。三人を産み上げて、まあだ四十に沢山《こったま》残っていた頃から頭痛《あたまやめ》になってねえ。両舅もこれらの父親も、みーんなどっかこっかおっかしげになり始めたんですがね。それが自家《おらって》だけでありませんろ。隣りん人《しょ》もその向こうの人も、仕事にならんてばなんて、お互えに、困ったのうなんて言うてるうちに、裁判を起こすなんて話が流れてねえ」

「母ちゃん、お前さんの話は肝心なとこがぶすぶす抜けてるがの。ほれ、お茶が冷めっすけ一服せてば」

生唾を飲み込みながら喋り続ける寿子の話を折って、秀和が苦笑しながら言った。

「おや、そうけ。そんげに抜けてたかや」

大抜けだあと言って、秀和がここらあたりで止めれてばと促すと、

「なに言うてっか、ほんね聞いて貰いてこどはこれからなんだわや。お前さま、いいですろっかねえ」

と牧子に断って、彼女がどうぞと言うふうに頷いたのを確かめて、語り始めた。

「裁判《せえばん》の話が出始める前《めえ》に、じいちゃんが中気を起こして死んでねえ。そうしたらたまげたことに、ばあちゃんががっくり力落としてしもて、もっとも体もおらよか難儀だったんね、年もいってたしねえ。医者通いが仕事みてえになってねえ。正直、おら一人でてんてこ舞いしてましたてばね。ああ、親父ねえ、おらやばあちゃんよか早う手がおっかしげになって力が入らんもんだすけ仕事になりませんがね、さっさと辞めてぶらぶらしてましたんだ。もともとは大工だったんですろもね。子はまあだ小《ちっ》せし、ばあちゃんと二人で難儀しましたわね」

今になってみれば、働かんで酒ばっか飲んでる親父にあきれかえって、おらたち女《おなご》も少し《ちっと》親身が足らんかったとの内心の思いは口にせず、寿子は一息吐いて話を続けた。

「ある時、ばあちゃんがおらに言うたんですわね、診療所へ行けて勧めてくれた人がいるが、おらばっかでねえお前も難儀げだが、一緒に看て貰《も》《れ》いに行ってみねけ、父ちゃんも誘うてみろかと言うがんを、聞きつけたおやじは、誰《だん》がそんげなとこへ行くかって、聞く耳持たねかったんですわね。そんげんことがあって、おらとばあちゃんは裁判の仲間になったんですわね。……裁判も長う掛かりましたがね、四年も。その後の裁判を思えば短けかったろもね。そんでも何とか勝って、それからが大事《おおごと》でした」

母親の述懐を耳にして、秀和はあの当時の外からの攻撃と言えばあまりにも露骨だが、要するに賠償金を一家で二人も受け取ったために、彼でさえ大人たちの噂話を聞きかじった仲間らから蔑まれたり、妬み根性丸出しの皮肉の数々を浴びせられた日々を、苦々しく思い出した。そして、子供の自分でさえ親にも言えなかったほどの苦い思いをしたのだから、母親や祖母たちが受けた嫌みは並のものではなかったろうが、家の中では父親が酒の力を借りて悪し様にののしり、それはたとえば夕飯時であれば、秀和たち姉弟の耳にも直截になだれ込んできた。たまりかねた祖母が、一言、少《ちっ》《と》しは考《かんげ》えてからしゃべれやっ！とびしっと言った時の、父親の語気を削がれた表情が甦った。あの形相《かおつき》！と秀和は思わず口の両端を引き締めて、たった今、そこで見たように、自分の回想に目を背けた。

酒でむくんだ顔を寿子に向け、目を合わせないように、食べることに専念しているふりをしているつれあいから母親に視線を移すと、運悪く目が合った。

秀和だけでなく、姉たちも食べるのを忘れて、二人の一瞬の視線の衝突に息を殺していた。

「いいか、ここにはお前《め》の子が三人もいるんだで！　心して喋れ」

さすがだったな、ばあちゃんは。自分の子を知り尽くしてた。いや、ばあちゃんだって一か八《いっか》かの勝負だったかもしんね。それでも嵐にはならんかった。

だが、親父だって一歩外へ出れば、それなりの誹謗中傷の矢を受けていたのだろう。外ではやり返せない心の鬱憤を、酒で勢いを付けて家族にぶつけて、憂さを晴らしたかったに違いない。今、自分がこの年になって漸く気付いた父親の懊悩を想った。ばあちゃんだって自分の息子がどれほどの忍耐を強いられているか充分に知ってはいただろう。それでもおれたち子供を前にしては、そう言わざるを得なかったのだろう。

「……裁判は終わったろも、それで世間の人《しょ》の思いまでけりが付いたわけではねえすけ、前よりか悪し様に、皮肉たっぷり言う人もいて、辛えかったねえ」

「どんなふうにですか？」

初めて牧子が口を開いた。

「ニセ患者がお上を騙して大金を巻き上げたなんて、聞こえてくるんですがね。耳にたこができるほど沢山《よっぱら》言われてきてても、右から左に聞き流すなんて芸当はならんかったね。今でもそう考《かんげ》えてる人はいますすけね。

　大学病院で何日も掛けて診察を受ける度に、沢山《よっぱら》嫌な思いをさせらって、やれやれとバスに乗って帰《け》って来て、家へ着くまで誰《だっ》かに会わんばいいがと、どんげに思たやら。ばあちゃんなんかおらと一緒に歩くがんもびくびくしてましたわね。二人して着替《げ》えてどっかへ行ってきたとなれば、水俣病の検査だと思われたり聞かれたりしねかと、大急ぎで歩いたもんでしたわね。……あの頃から比べれば、世の中、変わったと言う人もいますろも、おらには……ねえ。そんでも、あんたさんみてにニセ患者と言わってる親の子と一緒になってくれるお人がいるようになったんだすけ、確かに変わったんだわね。それでも、よう考えてから決めておくんなせね。おらに会う前に決めなしたことだし、どうかよう考えて、後々後悔をするようなことにならんように、お願いしますさね」

　へえ、そうきたか。母ちゃんにしては考えたもんだ。秀和は内心で半ば茶化して、母親の言葉をかみ砕いていた。そんなふうにでもとらえなければ、この家が抱えてきた、これからも抱え続けて行かねばならない差別や誹謗、諸々の中傷や皮肉の波にあっぷあっぷしながら、母親が今日まで歯を食いしばってきた日々を、思い出してしまいそうだった。それは避けたかった。おれ以上に、切っ先のような鋭い人々のまなざしを、人生の大半で浴び続けてきた母親が、この家族の一員になっても良いという牧子に向かって、熟慮を促しているのだ。秀和は自分の思いにたまりかねて、席を立った。

　茶の間と続いている台所で冷蔵庫の扉を開けようとしていると、牧子の寿子に問う声が聞こえた。

「秀和さんのお姉さんたちの結婚される時は、矢張り気を遣われたんですか」

「……それはもう、ねえ。一番《いっち》上の子が中学を終わるっと、世間に出しましたわね。あん頃は今みてに高校へ進む子はこの辺りでは少のうありましたわね。よっぽどの金持ちで倉や土蔵のある家でも、女ん子は高校へやらん人もあったぐらいでねえ。世間がまだねえ……。おらっ家《て》は正真正銘の貧乏家だったすけ、紡績工場が山の下にありましたんだが、何人かは学校の世話で行きましたわね。おら奈々枝も友達が行くすけ、そこへやってくれと言いましたろも、何遍も言い聞かして、学校からの世話で住み込みの看護婦の見習いに出しましたわね。昼間下働きして、夜学校へやって貰てねえ。それを見てた下の子が、おらも奈々みてになる言うて、同じ所で厄介になったんですてば。二人とも泣き言も言わんで、何年もかかったろも看護婦になってくれましたがね。難儀したかもしんねろも、仕事も苦労も身に付きましたこてね。また、仕込んでくれなした医者《せんせ》の奥様がいい人でねえ。その奥様の世話で、二人とも縁づいて幸せにしてますてばね。だから《だすけ》お前さまの言うようには殆ど心配はしてませんてばね。ただただ有り難えと思てますわね」

　一拍おくようにちょっと言葉を切って、寿子は続けた。

「ほんにねえ、今になってみれば、こんげな言い方してますろも、当時はどうして大抵《てえて》でありませんかったわね。おらもばあちゃんも、人に会うがんがおっかねと思うようになってましたがね、会うあの人もこの人も、陰でどんげに言うてっやらと思うし、中にはあんましとんでもねえことをぐざっと言う人もいたんですわね。ばあちゃんもせつね思いを沢山《こったま》腹にためてましたんだわね。いつだったか道でばったり会うた竹内さんの自転車を止めて、思いの丈を聞いて貰たこともありましたてね。おらにそう言うてね、ああ、身が軽《かある》くなったでやと、大息ついて言うてましたがね。あの人《しょ》だすけ親身になって聞いてくれられたろも、滅多なことは言わんね雰囲気でしたがね、あの頃はねえ」

「竹内さんて？」

「ああ、ほんにね、お前さまには分かりませんわね。おらたち第一次訴訟を起こした時のまとめ役をしてくれられた人ですわね。よう出来た人でしたがね、親切でねえ」

冷蔵庫の取っ手に手を掛けたまま、秀和は母親の言葉を聞いていて、大分端折ったなと苦笑した。

確かに二人の姉たちは、良い配偶者に恵まれて平穏な家庭を築いている。理不尽な悪口やきわどい皮肉から、娘たちを守るための母親の策は成功したと言ってもいいだろう。

そんなことを思いつつ、彼はさっきの母親の言いぐさで、にわかに甦った当時の姉たちの様子をなぞっていた。

長姉奈々枝の就職先が早々と決まって、母親は夜なべ仕事に、彼女に持たせる綿入りの半纏や袖無し半纏を作るのに余念がなかった。それは秀和の目にもいかにも女の子が着ればよく似合いそうな色柄で、その頃姉たちが毎日着ていたそれは、母親の若い頃の着物を仕立て直して作ったものだったから、そう思って見るせいか、どこかあか抜けしていない色や模様も、似合うか似合わないかの基準で着せられていたわけではなかったから、母親がしびれる指先をこすり合わせながら裁っている側へ来て、下の姉小夜子は一緒に見ていた奈々枝に羨ましそうに、いいなあを連発していた。

その同じ夜だったか後だったか記憶は薄れているが、秀和が予告もせずに姉たちの寝間の障子を開けた。何か用があったわけではなかったと思う。ほんの気まぐれで、怪盗何とかになった気分で、さっと開けたのではなかったか。

驚いた二人は向き合ったままの姿勢で、ぱっと振り向いた。そしてすぐ奈々枝が顔を隠すように秀和に背を向けた。その場の雰囲気をつかめなかった彼は、おどけてあっかんべえと言いながら、両の掌を頭の横へ上げてひらひらと振っていた。

だから、突然立ち上がった小夜子がつかつかと彼の前に来ても、それが何を意味するかもつかめず、おどけ続けていた。

ばしっ！　と小夜子の掌が秀和の頬を叩いた。

「痛《いって》え！」

そう言って、目の前の小夜子を睨み返していた時は、既に目は涙で一杯だった。

「バカッ！　あっち行ってれっ！」

そして、小声できつく言い足した。

「いいな、母ちゃんに言うな」

目の前でぴしゃりと障子が閉められた。いつもの秀和なら、二人の姉たちにやっつけられると、悔し紛れに母親か祖父母の誰かに言いつけに行くのだったが、あの時は誰のところへも行かなかった。叩かれた訳を子供ながらに、なんとなく理解したからだった。

家族から一人離れて、誰も知らない遠い所へ行く不安や寂しさを、奈々枝は小夜子に話し、小夜子の慰めを受けていたのだなと、叩かれた痛みと、姉たちと母親への秘密を共有した初めての体験に、複雑な感情を持ったことを思い出した。

そんな奈々枝も無事准看護婦の試験に受かるまで、一度も帰省しなかった。小夜子とは文通し合っていたらしく、彼女も姉を見習って同じ道を選んだ。

「おらも奈々みてになる」

「ああ、そうせ。奈々枝が勤まってんだが、お前はあん子よか辛抱強えすけ大丈夫だ」

母親はそう言って送り出した。沢山は言わなくても、小夜子は親の意向を察知して、自分から言い出したのかと、寿子は姑に、子の気持ちを案じていたのを、秀和は知っていた。

「お前《め》はほんね気の回る子だ。母ちゃんがほっとしてたがな。奈々枝と一緒なんだすげ、良《い》がったわや。母ちゃんもおらも安心だ。目上の人の言うこどをよう聞いてな。可愛《かうえ》がって貰え」

祖母もそんなふうに小夜子に語りかけていた。

牧子の時々発する母親への問いかけで、秀和は思いがけず、二人の姉たちのかつての心情へ、思いを傾けることが出来た。

送迎バスからの眺めに見入っている格好の秀和は、にわかに車内がざわついたのに気付いて我に返った。駅に着いたのだ。

誰かが、時間はたっぷりあるんだ。急ぐ必要はないさ、ゆっくり降りていいんだよと言っていた。朝から出来上がっている男もいて、足下に気をつけれとの気遣いだ。

それもあってか、皆てんでにのんびりと歩を進めていた。秀和は乗る時も最後だったというわけでもなかったが、降りる時もしんがりになるつもりで、一番最後に席を立った。

車内には彼の他に二人しか残っていなかった時、ふっとひらめいた思いに胸が騒いだ。

「もしかしたら女将さんの名前は、範子っていうんじゃないかな」

運転手へ言うのか？　秀和はひらめいたその言葉を瞬時に消した。たとえ当たっていたとして、それがどうした。そうか、やっぱりそうだったか。さっきの話を聞いていて、あるいはと思ってね。女将さんによろしくとでも言うつもりだったか。まさか！　彼女は新潟水俣病患者の母親を持つおれではなく、どんな男か知らないが、温泉宿の女将になる道を選んだ。ただ、それだけのことだ。会えなくなった時、未練がましくつきまとわなかったのが、今になれば救いになっていた。彼女も幸せな人生を送っただろうし、比べるつもりはないが、おれはいい伴侶に恵まれて、子もそれなりに育ってくれたし、言うことはない。

運転手に軽く会釈をしてバスを降りながら、秀和はそんなふうに、昨夜からの重苦しかったもやもやに決着を付けた。

ふたり

久し振りですてばね富実さ。お前《め》さんのこど名前《なめえ》で呼ぶがんもこれで何度目だやら。若い《わあけ》頃、おれがお前さんを何と呼んでいいやら迷てっと、きっと顔に出てたげで、お前さんが名前で呼べばいいんだがのと言わしたろも、学校の頃でさえ呼ばんねがったてがんに、大人が名前で呼ぶ習慣もねがったしねえ。とうとう一度だてや呼んだこどねがったろも、今になっとばか使いようて、いいこど教えて貰《もろ》いましたわね。

この間《ええだ》、はて三日前《めえ》の、いや、四日前だったかや、お前さんの七年忌に招《よば》れて行って来ましたてばね。お寺さんが二人も来らして、立派なお経でしたわね。その後、水原《せえばら》の何ていう料理屋だったか忘れましたろも、そこで大馳走《おおごっつお》になりましたわね。

おれ、今、新潟の順子ん所《とこ》に厄介になっていまさあんだが、お前さん所まで順子の車で送って貰たんだろも疲れてしもて、風呂に入《へ》ってすぐと寝てしもて、お前さんと喋らんねかったんですがね。年だてばね、たあだ座ってるだけだったてがんに、めったためたに疲れてしもて。夕飯も食わんねかったてばね。昼間沢山《いっぺ》馳走になって腹も減ってねがったんだろもね。

晶子さは立派な年忌をしてくれなしたがね。さすがお前さんの一人娘だと、おら感心しましたわね。

しかも前《めえ》に、晶子さが電話をくれられて、おれにお前さんの年忌に来てくれて言うてくれられて、おらが順子ん所へ来っ時、電話で挨拶はして来ましたんだが、わざわざここまで通知をくれられて、順子がありがてえろもなにせ年寄りだし、行儀良うしてらんねすけ言うて断ってたがんは、おらも脇で聞いてましたんだが、晶子さは誰よりもおらに来て貰いてと言うてくれて、あんまし何度も言うてくれられて、順子も断り切らんねで受けたげなんだが、正直、おら嬉しかったですわね。久し振りに村へ帰《け》りましたてばね。こんげなこどでもねえば、盆に墓参りに行ぐぐれになっていましたんだが。

その前の三回忌ん時は、おら家はひっでえ事になってた真っ最中だったすけ、晶子さも遠慮したんだと打ち明けてくれなしたがね。

そうなんですてばね、まあ、とんでもねえ事《こど》の連続で、だから《だすけ》はるばる順子ん所に厄介になっていまさあんだ。今まで口にするの《すっかん》も気が難儀だったろも、やっとまあ、何とかね。そのうちに追々喋りますわね。

それより《それよか》も今日の新聞は読みでがありましたてばね。おれが新聞を読んでるなんてお前さんは知りませんかったわね。目《めえ》剥いてたまげてますかね。お前さんは知らんかったかもしんねろも、こんげな体になってしもて、腰は痛くて曲げたり伸ばしたりがせつねし、手は震《ふれ》えて力が入《へ》らんなってしもて、いよいよ鎌も使わんねなって、どうしょうばどうしょうばて、おらが毎日《めえんち》のように言うてるもんだすげ、おら家《ち》ん人《しょ》が、そんげこどばっか言うてねで毎日新聞読め、字が覚えられるがなて言うてくれたすけ、おおっぴらに朝から若え者に気兼ねしねで読んでましたわね。おら、子供ん頃から、お前さんみてに学がある人が羨《けなり》ましかったんですわね。なんせ小学校六年のうち半分どころか、三分の一も行ってねんだが、ひらがなは何とか読めても漢字はねえ。そんげだすけ初めは、つっかえつっかえしながら面倒《めんど》くっせ字が読まんねで、おら家ん人にしょっちゅう聞いてましたろも、今はなんとか読まれますてばね。たまげましたかね？　おれが新聞読むなんて聞いて。そう言うおらもたまげてますわね、今のおらに。いろいろあってもいい時代になりましたこてねえ。

　横道に逸れてしもたろも、なんで今日の新聞が読みでがあったかというと、昨日《きんの》、最高裁で、熊本の人と大阪の人の水俣病の判決が出るこどになってましたんだ。在郷《ぜえご》の婆は正直な話、最高裁てがんが東京にあるんだと初めて知りましたわね。お前さんみてに何年も裁判《せえばん》にかかわって来らした人はよう知ってましたろうねえ。

　この話は新聞やテレビに前《めえ》から出てたすけ、おら忘れずに夕方のニュースを待ってたんだろも、なっかなか言わねんですがね。これはきっと駄目だったんな、速報もねがったし、でっけえニュースにならんかったんだなと、半分諦めてましたわね。そしたら順子が六時のニュースでＮＨＫに換えたら出ましたがね。民放は他のニュースばっかしやってて、なんでやらんかったやら。おら大喜びしましたわね。順子のつれあい《おとうさん》も良《い》かったね、て言うてくれましたがね。そんでも一緒に判決が出さった大阪の人はやり直しになったげでねえ。あんまり嬉してお前さんにも教えてやろうと思い立って、大昔に村の婦人会の集まりで一緒に撮った写真に向かって講釈しましたこて。そう言うてもここで、腹ん中でね。ニュースはすぐ終わってしもたすけ、それで今日の新聞が楽しみだったんですわね。

ここん家《ち》は新聞を二つとってますんだが、おとうさんが仕事に行ってしもうと、おらどっちもじっくり読みましたわね。それにここらには夕刊てがんもある《あっかん》てばね。おら、初めてでたまげましたわね。

さっきの話に戻ると、八十一の息子が、水俣病の申請を受け入れて貰わんねで死んでしもた母親の代わりに裁判を起こして、地元の熊本で棄却さってても諦めねで、なんと遠い《とおけ》最高裁判所にまで出て、母親の無念を晴らしてやらんばと闘うたんですてね。おら、涙が出ましわたね。母親の病んでせつね姿が焼き付いてましたろかねえ。母親の病んで苦しんだがんが無駄にならんかった。おら、手前《てめえ》の事《こど》みてに嬉しかったですわね。ほんね、喉の奥がひりひりするぐれえ固え涙の塊を何度もごっくんごっくんと呑み込みましたわね。新聞に、「救済への道が閉ざされていた人達に、一筋の光が見えてきた」と出てたろも、そう書いた新聞《けえ》も味方してくれてんだなと思いましたわね。どんげに嬉しかったやらねえ。早速仏壇に報告したこてねえ。目《め》に見えるようですねっか、ねえ。

心の中の富実へ語り掛けていた昭子は、ぶるっと小刻みに体を震わせ、今、突如として脳裏にせり上がってきた思いに言葉を切った。これが初めての味わいではない。過去に数え切れないほど味わってきた、消したくても消えてくれない体験であった。苦々しく忌み嫌いながらも、またもしばらく付き合わねば引っ込んでくれないそれと向き合った。

「なにしてたてば。お茶のみに来ねけ」

来ないかとの富実の言葉は誘いでも口調は半ば強制めいていると、昭子はいつも思うのだった。体格もきんきん声の物言いも富実には叶わない。性格も富実の方が比べようもないほど良いと、昭子は最初《はな》から決めていて、それは大宅の一人娘として育ったのだから当然で、自分がどんなに頑張って、富実に追いつこうと努力してもなれるものではないと、今では殆ど諦めているが、こっちの気持ちがいまいち乗り気でない時など、秘かに舌打ちしたくなる気持ちを押し隠して、着替えて出かけるのだった。

その電話を受けた時、ああ、あの話だなと予想はついた。予想というより確信していたから、富実が何を話すか、聞かれるかは手に取るように分かったので、出来れば断りたかったが、行けない理由は咄嗟に思い浮かばなかったし、そんな気持ちで何か言ったとしても、あっさり見抜かれて、かえっておかしくしてしまう経験は数限りなくしてきた。行くしかなかったのだ。

富実と昭子が育った頃にはまだ国道ではなかった道まで来て、信号が変わるまでのしばらくを待ちながら、昭子はつれあいの良吉の言葉を反芻しながら、話し合った夜に感じたと同じ思いが変わっていないのを確かめ、幾らあの人の気を悪《わある》くしたってどうしょうば、親父《ととさ》が言うがんにおらが合わせねで、あの人の亭主《おとと》に合わせるわげにはいがねと、心を決めたのだった。

案の定、お前さんは震《ふれ》える手でおらにお茶を淹れてくれながら、とっとさと話し合うてみたけ？　と聞かした。おら、よう覚《おべ》えてますわね。腹ん中では思た通りだと合点はしたろも、打てば響くげに応《こて》えれば、お前さんがどんげな顔すっか見る前《めえ》から分がってましたすけ、今だすけ言いますろもね、こんげなことは時たまありましたんだが、おらはそんげな時はいっつもちっとばか響きが悪《わあれ》いふりして、お前さんから返《け》ってくる爆弾を避《よ》けてましたんだ。爆弾なんて言うてお前さんには申し訳ねろも、正直、お前さんの返《け》す言葉はおらには爆弾みてでしたわね。おら、しらっとして何ともねえふりしてましたろも、腹ん中ではひってえこど平気で言うんだがと思てましたわね。糞婆の意趣返《げえ》しだと思いますかね。たあだ正直に言うたまでですわね。

大人気のう沢山《こったま》言うてしもて勘弁しておくんなせ。おれがすぐと応《こて》えねもんだすけ、お前さんが返事を催促するげにおらの顔を見なした。あん時ばったり目が合《お》うて、おら肩で大息ついて、どうしょうば逃げてばっかいらんねと腹を決めて、

「申請書ですかね」

と聞きましたんだ。

「ああ。お前、この間ととさに相談してから書くて言うたねっけ。相談したけ、書いて来たけ？」

まっでえ追ったてるみてに言いなした。せつねろもどうしょうば正直に言わんばならん。

ここん人とはおらたちは違《ちご》うんだすけ。おら、自分に確かめるみてに腹ん中で気張りましたわね。

おらたちもここん人も足がしびれて座《ねま》るがんが難儀なんはおんなじだろも、ここん人は早々と畳の上にテーブルと椅子を置いて腰掛けの生活にならした。おらってはそんげな芸当はならんすげ、座る時は二人して棒切れみてに足投げ出してましたんだが。そんげなこど腹ん中で思たこどまで覚《おべ》えてますわね。世間でよう言う劣等感てがんの塊でしたこてね。

「申請書てがんは、水俣病と認めておくんなせ、てお上に出すあんてねえ」

て、おらがそろっと言うと、お前さんは、

「誰がそう言うた、ととさけ？」

そう言うて、

「お上だなんて大袈裟な、県へ出すんだがの。ととさ何か言うたんけ？　駄目だてけ？」

おれの顔をじろっと見なした。

「駄目だなんて言わんろも、たあだ、おれが……」

「おれがなんだってけ？」

おれが二つ返事で書いて来んかったと取ったお前さんは、あっという間もあろば、まっでえおっかねお面かぶったみでなひっでえ顔して、おれのこと睨んで、ぷいとあっち向いてしもわした。おれががっかりさせてしもたと分がりましたろも、そんでも曲げるわげにはいがねと自分に言い聞かせましたわね。

「この度はどうか勘弁しておくんなせ」

おら、頭を下げて謝ったろも、とうとうおらが帰《け》える時だってや、おらの方を向かんかったがね。覚《おべ》えていますかね。

お前さんは、おらのこど友達だと言うてくれなしたろも、あん時は正直、なんで友達でなんかであろば、たあだお前さんの言うこどに何であろうが、黙って従うてる者《もん》であればいがったんだいねえ。あん頃、六十にはちっとありましたろも、つくづく身の程てがんを知りましたてばね。というか身の程は子供ん頃から体に染みついていたてがんに、長うお前さんと付き合いさせて貰てるうちに、だんだん麻痺してたんですこて、おれまでお前さん並みだと思たわけではねえろも、やっぱどっかいい気になってましたんね。気が緩んでたって言えばいいか。がっつんとここ鳩尾を殴らったみてに痛《いて》えかったことまで、いま思い出しましたわね。

そんでも、おらは何でも考えてねふりして、小《ちっ》さく《そう》なって頭下げてましたわね。貧乏ってやこういうこども黙ってやり過ごさんばなんねんだて思いながら、どうしょうばここのおととは体が痛くて生徒《やめ》に教えらんねなったと学校を辞めらしたろも、おらっ家《て》はそんげなわげにはいがねんだすげ、と自分に言い聞かせてましたわね。おら家《ち》ん人《しょ》も定年になってはいましたろも、遊んでるわげにはいがねすげ、痛い体をだましだまし、煎餅《せんべ》工場の夜警に行ってましたんだ。夜中じゅう働いたところでいくらも貰わんねがったろも、そんでも恩給も貰てたすげ、女の子《おなんこ》たちを何とか人並みにして嫁に出してやれましたろも、お前さんとこからみれば年がら年中財布《せえふ》の中はスッカスカでしたわね。

おれ、申請書を家《うち》ん人《しょ》に見せましたわね。お前さん方はすらすらっと書かれっかもしんねろも、おらは駄目だと思て、いいと言うてくったら、書《け》えてくんねけと頼むつもりにしてましたんだが、さっきも言うたように、それはお上に出す書類だとか言うて、よう見てもくんねかったんですわ。しびれを切らしておら、お前さん方と一緒に出してもいいけ？て聞いても黙ってんですがね。どうしたらいいろの、てなんべんも聞いてるてがんにそれでも返事しねすげ、ととさ、どうしたらいいろの、て催促《せえそく》したんですわね。そしたらぼそっと、お前が出してかったら出すなとは言わんろも、医者に掛かるがんと、それにいろいろと書《け》えて出すがんは……。それしか言わねんですがね。

それからどんくれえ経ってからだったか、ああ、そうだ、お前さん方が裁判の仲間に入《へ》ったげだと聞いた後でしたわね。おれに、お前も仲間になったんか、と言うたすげ、なんでなろばの、申請書てがんは出さんかったんだがと言いましたわね。そしたら、なんだやらほっとしたげな顔して、

「おらっては何十年もお上から飯《まんま》食わして貰うたんだすげ、楯突くげなこどは出来ねんだ」

て言うたんですわね。それ聞いて、ずっと気にしてたんだなと思いましたわね。

そのあたりを、あん時、お前さんのおととは口には出さんかったろも、分がってくれていなしたんですわね。

お前さんは最初《はな》からおれがすんなり合わせると本気で思てましたかね。おら気まずぇ思いをしながら腹ん中でそんげに考《かんげ》えてましたわね。

お前さんは知らんかったかもしんねろも、おらが帰《け》る時、おととは裏口まで来てくれられて、

「あれのこどは気にしねで。おれが言い含めておくすけの。どうしていっくら子供ん頃からの友達だいうたって、なんもかも合わせるわけにはいがねこどもあっさ、心配しねで。

そんだろものう、お前だってや自分の体が本気に水俣病なんか、そうでねえんか知りてと思わんけ？　申請書を出せばそれが分かるねっけ。出してみねけ？　おれが書いてやってもいいしの。ととさにはおれからことわりを言うてやるすけさ」

て言うてくれなしたがね。おら、本当《ほんね》に有り難《ありがて》かったですわね。ありがてかったろも、おとともほんのところ《とご》は分がってねなと、おら思いましたわね。どんげして帰《け》ったやら、気が付えたら裏口の敷居に腰掛けてましたがね。頭の中はおととが言いなしたことがぐるぐる回ってて、正直、おととが言わしたこどに、おらの気持ちが揺さぶらってて、本当《ほんね》にそうだなあ、分がるもんだば知りてえと思てましたんだ。

　それから三日ばか経って、おらお前さんのおととに頼みに行ったんですわね。おれが前触れものう、朝っぱらに行ったもんだすけ、お前さんはたまげらしたろも、おれが何で来たかが分かっと、おととを呼んでくれなして、そういうとこは、お前さんの出来たとこですわね、初めっからそうせばいがったんだわのなんて一言も言わしねがったんだが。

　おととから教えて貰てなんとか書き上げた時は、ほんね体の芯こまで疲れてしもて。字なんていつ書《け》えたか、子供が小《ちい》せかった時、学校から持ってくるなんだらかんだらにすら書えたこどもねがったがんに。今でも字は読めっとも書くがんはねえ。

そうそ、おれがお前さんのおとどに教えて貰うて申請書を出したすけの、て家ん人に言いましたわね。どうしょうば黙ってるわげにもいがねし、そこまでお前さんのおとどをわずらわさんねと思いましたんだ。そして、おら、手前の体が本気に水俣病なんか知りてすげの。ただそれだげだすげの、お前に合わせんで書えたろも、裁判の仲間にはならんすげの、て言いましたわね。そんだろも、なあんでも言いませんかった。きっと、業腹《ごせっぱら》やけて喋る気にもならねかったろっかねえ。それっきりでしたわね。

昭子は小学校を終えた年から隣り村の農家へ子守に出され、同じ村の大宅の一人娘で同級生の富実は新津の女学校へ進んだ。卒業後、彼女は東京の家政専門学校へ行ったとは、親から聞いて知っていた。昭子は親の都合でしょっちゅう学校を休まされ、親しい友達も出来ず、勉強は到底付いていけていたとは言い難いほどだった。高学年になると冬場以外は一週間まともに通学出来たことはなく、母親が村内のどこかの家から畑の草取りのような簡単な頼まれ仕事が重なったりすると、度々母親の代わりに鎌持参で行くように言いつけられたものだった。それが同級生の家だったりすると、最初の頃は意固地と勘ぐられるくらい無口を通した。誰もが自分を極貧の子と見下して噂しているに違いないと、勝手に決めていたほど劣等感の塊のような子だったから、大宅の一人娘である富実の存在など、天上の人くらいに思っていた。

　昭子の家のように、家の周りに家族の食い扶持の野菜を作るぐらいの畑しか持たず、田んぼを持たない家庭は村の中でも半人前にしか扱われなかった。昭子だけでなく親たちも、それは身にしみるほど味わわねばならない屈辱ではあったが、いつか小金が貯まったら、せめて飯米くらいは作れる田を持ちたい、お前《ね》たち《ら》もその気持ちを忘れねでちっとでも稼げと、親たちは昭子を頭に二人の弟妹の尻を叩くのだった。

　そんな身分違いの二人だったが、ある時、ばったり村内の道で会うと、大柄な富実は見下ろすように昭子を見て、

「あれっ、あんた、吾市んとこの昭ちゃ？　そうだよねえ、変わったねえ、すっごくきれいになったわ。見違えるところだったよ」

と東京言葉を交えて鷹揚な笑みを浮かべながら、本当に驚いているような、一オクターブ高い声で言った。

　実のところ、昭子はかなり前に向こうから来るのが、小嶋さんとこの富実さであることに気付いていて、あっと思った瞬間、足が止まってしまった。どうしようと思ったものの逃げ

場はなく、昭子は諦めてのろのろと歩き始めた。胸がどきどきしていた。劣等感の塊だった自分を知っている同級生には、出来ることなら会いたくなかった。殊に富美は親たちが手間銭稼ぎに使って貰っている大宅の娘なのだから、その思いは強かったのだ。だが、学校にいた時でさえ喋ったこともなければ、彼女の席近くに座ったこともなかったから、もしかしたら自分の事なんてとっくに忘れていて、どこの者か分からないかも知れない。そうだといいがと願いながら、昭子はのろのろと道の端を歩いていた。ああ、気が付かずに通り過ぎて欲しいと念じていたが、富実は素っ頓狂な声を上げて立ち止まってしまったのだ。もう、観念するしかなかった。昭子は歯ががたがた鳴り出しそうで思わず唇をぎゅっと結んで、深々と頭を下げた。昔の同級生に会っての挨拶というより、親たちが世話になっている大宅の人に対する挨拶といったものだった。

「私のこと分かるよね。あんた、結婚するんだって？　あの良吉とだって、本当？」

あの良吉と特別のように言われて、昭子は益々赤くなって、消え入りそうな声で、いや、多分、富実には届かなかっただろうほどの声を口の中でもごもごさせていた。

あの、と富実が言ったのは、三人は同じ村の同級生だったからだ。昭子は二つ目の年季奉公を終えたばかりだったが、良吉は昨年、新潟の町沼垂にある荒物屋での奉公を終え、今は母親の兄弟が出している川砂利を採る舟に乗っていた。小粒な体だが生まれつき頑健なのか、伯父たちには重宝されていたが、出来れば陸《おか》の仕事に就きたいと親たちにも親方である伯父にも言っていたものの、戦争が終わって世の中がまだ雑然としていたし、彼自身も自分がどんな仕事に向いているのか摑めていなかった。そんな彼に、伯父たちは、

「もちっと待て、それまでは舟で稼いでれや」

と勧めていた。

子供の頃は汚い顔のまま、つんつるてんの着物を着て、裸足で駆け回っていた者同士が世帯を持つと聞いていた富実は、突然、その片割れが目の前に出現したものだから、咄嗟にそれを確かめたかったのか。

この結婚話は、昭子にとっては晴天の霹靂ではあったが、どうせいつかは誰かと結婚するのであれば、良吉に仕事があって、彼の親が田地の一角に家を建てて分家として出してくれるなら、二人で食い扶持を稼げばいいだけだ。貧乏人の娘に来る話としては良い方だ、そう言って水を向ける親たちに素直に従ったというだけのことだった。それを今、富実に冷やかし半分に問われて、にわかに結婚が眼前に迫って来たように思えた。

「友達になろうね。同じ村にずうっと暮らすんだから。私、来春《らいはる》から高等科で和裁を教え

ることになってね。あんたにも教えるよ、遊びに来た時に」

お前さんはそんげふうに気易く声を掛けてくれたろも、どうしておらたちに悠長に真っ昼間からお茶なんて飲んでる暇がありましょうば。それに親たちが手間取りに使《つこ》って貰《もろ》てる大宅の人《しょ》と友達になろうと言わっても、おら、なんて返事をせばいいか、正直に言えば、大宅の人なんか気ばっか遣わんばならんし、真っ平ご免だと腹ん中で思てましたわね。そんでもねえ、おらがこんげに正直にお前さんに言えるがんも、お前さんは気持ちはどうして良い人だったからですわね。ま、いろいろありましたろも、お前さんのおととの蔭の力はどうして、どうして。

結局、昭子が富実の気紛れのような誘いに応じられるようになったのは、三人の子を産み終え、末の子が中学校へ行ってからだった。

結婚して数年後、良吉は世話をしてくれる人がいて、道路工夫になっていた。そのお陰で薄給ではあるが毎月決まった金が貰えるということは、昭子夫婦にとって精神的にほっとするものだった。

昭子は四十を過ぎたあたりから時々頭痛に悩まされるようになっていた。子供の頃から形《なり》は小粒だが丈夫だけが取り柄で、風邪で寝込むことすらなかったのに、頭ががんがんしてくると目も開けていられなくて、堪らず横にならなければならなかった。ようやく長男が父親の助手《てこ》として使って貰ってはいたが、末の娘順子はまだ中学生だったし、少しぐらい具合が悪くてもぶらぶらしていていい身分ではなかったのだ。何よりも近所に住む良吉の親たちが健在だったから、怠けて昼日中から横になっていると思われるのではないかと、おちおち寝てもいられなかった。彼らの家は、良吉の親の広くもない畑の道端に造られていたから、畑に来たついでによく立ち寄るからだった。

それを良吉に言うと、

「なにやれ、婆も爺もお前とおんなじこと言うてっわや。この間《ええだ》もなしてこんげになったやら言うて、二人してぼやきながら横になってたがな」

と慰めるように言った。

「おやあ、そんげなこど、おら初めて聞いたでや」

昭子には良吉の親たちが、自分と同じような症状に悩まされているとは、初めて聞くことだった。驚いてそんなふうに返しながら、そういえばこの頃道で会うこともなければ、畑へ来ている様子もないのに気付いた。

「爺なんか、目がさっぱり見《め》えねなったげでよう躓くげだ」

「おやあ、どうしょうば。気の毒だのう、そんげな大年寄りでもねえてがんに。お前、町へ出っこどがあれば目薬買うてやらっしぇ」

昭子はそんなことを言いながら、頭痛が治ったらちょこっと行ってみようと思った。だが、良吉がなぜ長男を自分の手元に置きたがったか、その頃はまだ深く考えることもなかった。


おれが、お前《め》さんからの誘いを断《こどわ》ったことがありましたろね。しかも若い頃《わけ》でしたわね。いっつも使《つけ》えに来てくってた女衆《おなごしょ》の千枝さに、おら初めて、折角呼んで貰《もろ》たろも、今日は具合がおっかしげで、お前さんとこまで歩いて行かんねすげ勘弁しておくんなせて言うてくれねと頼んだら、千枝さにしてみれば、滅多にねえおらの断りなもんだが、たまげて、おやあ、どうしたんでえとでっけえ声で言うもんだで、おらが頭病めは治ったろも、今日はどうしたんだやら体に力が入《へ》らんで困ってっわの。なんにもする気にならんだがの、そっこらじゅう草だらけだてがんにみてなこど言いましたわね。そうしたら、千枝さが、奥《おかか》さんもおんなじこど言うてらした。何にもする気にならねとか言いなして、そんでも針仕事してらしたろも。今朝、旦那(おと)さんが、学校の帰(け)りに医者どんへ行ってみるて言うてらしたろも、もしかしておとともおんなじなんろっかと、おら思たてばの。本当《ほんのこど》言うと、おらも時々くらっとすっこどがあっがんども、そんげなこど言うてっど、行ぐ所《とご》もねてがんに暇出さっては困《こまっ》すげ、我慢して動いてっわの。だども、おかかには黙っててくらっしぇのう。

裏口の上がり框に腰掛けて、千枝さが辺りを気にしながら言うた時は、おら、たまげてしもて、お前もけ？ て言うてしもてねえ。初めてお前さんに言うたんだが、千枝さがあの世に逝ってはや何十年にもなっがんだがいいろうね。

こうやってみっと、手前《てめえ》が水俣病でねえろっかなんて夢にも思わんで、逝ってしもた人は沢山《こったま》いましたんだ、きっと。

千枝さに話を戻せば、気の良いおなごで、ちっと良すぎるぐれだったろも、大昔、親なし子をお前さんのおばばが預かって、女中《おなごたち》にしたとか村ん人から聞いたことがあったろも、おばばみてに気持ちのいい人に拾わって幸せだったたこてねえ。おらたちよかしかも年上だったろも、学校へ行ったなんて話は聞いだことねがったろも字読めたしねえ。

二日も続いた頭痛がどうにか治まって、家の周りの草でも取ろうと裏口から出ようとしていると、千枝がまた富実の言づけを持ってきてくれたので、昭子はそれなら一時間ほど行って来ようと、上っ張りともんぺを替えて家を出た。

昭子が足がしびれて歩くのが難儀だと、しばらく前から口癖のように呟いたり溜息を吐いたりしているのを知っていた良吉は、どこから見つけてきたのか手頃な竹を、昭子の背丈に見合うような杖にしてくれた。

「杖けえ」と言う昭子へ、

「よてねってか。したって無えよかいいろが。使《つこ》えや、足が三本になっかんだが楽だわや」

と言い、それ以上は取り合わなかった。

昭子にしても、折角作ってくれた物を、こんげなもんしびれてせつね足に何の役に立とうばと思ったものの、無下に捨ててしまうこともならず、裏口の柱に立て掛けたまま放って置いた。多くもない畑は家の周りにしかないし、そこまで杖を頼らなければならないほどでもないので、殆ど使うことはなかったのだ。五十にはしばらくある。まだ杖の厄介になる年でもない。見場《みば》が悪い。そんな抵抗もあった。昭子は着替えて裏口から出る時、ちらと杖に目を向けたが、手には取らなかった。

道々休みながらようやく富実の家に辿り着いた昭子を、富実は待ち構えていたらしく昭子がテーブルの前の椅子に腰掛けるや喋り出した。

「実はさ、分田の父ちゃんがあれに入《へ》ってたんと。昨日《きんの》のテレビには写ってねがったろも、今日の新聞にほれ、こんげにはっきりと写真が出ててさ、おらおととが吃驚《たまげ》して聞いたんだわ。そしたら、ああ、そうやんだて言わしたと。またまたたまげてのう」

富実の言葉は昭子には理解できなかった。あれって？　と内心で問いながら、次の富実の言葉を待った。しかし、富実は、昭子が理解しているものと取って、

「あんげに大っきな写真では誰だって分がっさ。今日あたりあっちこっちで噂が飛んでっこてさ。ここまで来る間に誰《だっ》かに会うて、なんか聞かんねかったけ」

と問われても答えようがなかった。

そういえば、今日はまだ新聞は見てねがったと昭子は内心で呟き、それにしてはととさは何にも言わんで出かけたなあ。富実《おかか》が知ってて、おら家ん人が知らんこどなんろか。

そんでも今朝はめずらしく読まねで出かけたんか。ああ、そうだった、サロンパスが足

らねとか言うて、舌打ちしながら茶箪笥の引き出しをあっちこっちがちゃがちゃさせてたった。新聞どころでねがったんな、きっと。ちっと前《めえ》からどうしたんだやら、にわかに腕が痛てえとか、足がおっかしげだとか言い出して、耳ん中が年中ぼあーんと鳴りっぱなしだったてがんが、この頃はそこへ蟬が何百匹も鳴き続けてて、さっぱり人の言うがんも聞こえねなった。おれも年だなあと呟きながら、朝出かける前には必ず腕だの脚に何枚もサロンパスを貼って行くのだった。そんな良吉が痛む体をかばいながらツルハシを振り上げたり、道に空いた穴にシャベルで砂利を入れている姿を想像して、昭子はどんげせつねやらと連れ合いに気を向けて、富実の同意を求めている言葉も忘れていた。

富実の言う分田の父ちゃんとは、富美の夫誠三の実家の兄なのだ。昭子は今更何のことだとも聞けず、テーブルの上に置いてあった新聞を中腰になって手元に引き寄せると、折り畳んであるそこに、富実の言う大きな写真が見えた。

ああ、これの事《こん》だなとは思ったが、それよりも写真のそばに書かれてある文字が昭子を驚かせた。新潟水俣病。どっかでいつか聞いたことはあったが、新潟というてもここらではなく、どっかの話だと関心も持たなかったが、それは多分、富実夫婦も同じだったのだろう。昭子が腹の中で、おやあ、と呟いたように、富実たちも昭子以上に驚いたのだろう。

「あそこん人が、あの病気になってらしたんね」

と昭子は独り言を言うように富実と目を合わせるのを避けて、新聞の写真を眺めながら呟くように言った。

しかも自分たちに知らせもなく裁判《せえばん》の仲間に入《へ》ってた。たあんだ知らんかったというよか、一言の相談もねがったがんが面白《おもっしょ》くねがったんな、と昭子は腹の中で思っていた。

彼女はさりげなく、富実の心情を損ねないように心して言った。

「そうかね、仲間に入《へ》ってらしたんね。そんでもあそこん人だば、昔っから毎日《めえんち》魚は捕ってらしたろうしねえ」

昭子は自分の言葉にどきっとした。毎日《めえんち》川魚を食うてたんはおらっ家《て》もおんなじだ！そせばととさのあっちこっちが痛《いって》いがんも、おらの痛いがんもそれだろっか。にわかに心が騒ぎ出した。しかし、今はなんも言わんでおかんば。まず、ととさに言うてからだ。

昭子がそおっと腹の中で息を整えていると、富実が言った。

「川が相手の仕事だったんだが当たり前ださ。それでおらとこもずうっと貰て食べてたわけだし、私もおとともしかも前から、変だ変だと言いながら、サロンパスを貼ったりノーシンを飲んだりしてさ。おととなんか学校の帰りに按摩さに通ってたんだし。それでもちっともようならねでさ。そうだったんかとやっと気付いて、おととも気を落としてらした。それだが、お前んとこはどうでえ？」

「その新潟の水俣病でねえろっかてですかね？」

そう聞く昭子の言葉を無視して、富美は言い続けた。

「にわかにあの病気が身近にあったと思うと、何だか恐《おっかね》くなってさ」

昭子は、富実の正直な気持ちを聞いて、こんげに学のある人でもおっかねと言うんだからと、自らの動揺に少し安堵して、富実に倣って素直に今の気持ちを口にした。

「おらってだってや、昔っから毎日《めえんち》川魚は食うてますわね。朝、仕事に行く前《めえ》に仕掛《しが》けていったヨコヅツを引き上げて来るがんを、男二人は役目にしてましたすげね。したって捕ってくれれば無料《ただ》だし、町へ行って魚なんて買うてらんねし。弁当おかずにも助かってましたわね」

昭子の言葉に、富実は何度も頷いて、

「して、お前たちはどっこもおっかしげなとこはねえんけ」

「ねえわけでもねえろも、お前さんはどんげにおっかしげなんですね」

「さっきも言うたろ。二人してサロンパスやノーシンが離さんねなったて」

そうだった、と昭子はさっきの富実の言葉を内心で反復しながら、おらっ家《て》とおんなじだ。おらっ家《て》は薬なんておらの分まで買うてらんねすけ、頭が痛《やめ》ても我慢してっし、サロンパスはととさだけ使うてる。痛い《いて》たって仕事は休まんねすげ。まっさがなあ、ここん人がそんげな病気に罹ったたってけ？　たまげた。富実の疑問が昭子にも移ったかのように、内心で呟いていた。

ほんね、おらたちがというよか、おらがお前さんと分け隔てのう喋るきっかけが、お互えに抱《かか》えてる頭痛《あたまやめ》だの足が痛えだの、よう寝らんねだの切りがねえぐれえ並べ合うがんだったなんてねえ。それが阿賀野川の魚を食い続けたすけ、なったと分がったときはたまげたろも、どうしょうば今更悔やんでみたところ《ぐちら》で、食うてしもたがんはどうなろば。なんで昔っからここらん人が食い続けてきてもなんともねがったもんが、急に今んなっておっかしげになったやら。余所ん人は昭電が川へなんだやらを流したすけ、おっかしげになったんだと言うてたろも、上《かみ》の方では時々気味の悪い《わあれ》色の水になってたなんてこども、どっかから聞いて沢山《いっぺこと》喋りましたいねえ。おらよかお前さんの方が詳しゅう知ってて、聞いて帰《け》ってはおらととさに聞かせっと、大概《てえげ》は知ってましたがね。なんでそんげによう知ってんでて言うたら、道普請してっと通る顔見知りが、あれこれ言うてぐすけやて言いましたがね。そせば何で黙ってたんで、何で聞かせてくんねかったんでと、おら相手にされてねみてで業腹《ごせっぱら》やけて。したって喋ったてやどうせ分がらねんだと見下さってんだと思うてねえ。情けねかったですわね。おら、毎日親父《めえんち》の体を心配《しんぺ》してたてがんに。今は昔の話ですろもねえ。

夏だってや靴下が欠かさんねがんはおれもお前さんもおんなじだろも、そんでもお前さんは、おらより軽《かあれ》いげに見《め》たろも、いつかも難儀で起きてらんねで寝てた。昨日《きんの》もいつまでも《いってか》めまいがおさまらんで、とうとう半日横になってたてばと言うてらした。ほんね、こればっかしは傍《はた》からみれば、どっこも悪《わあれ》いげに見えねんだろも、本人はせつねんだが、おらは手前《てめえ》もおんなじだすげ聞いててよう分がりましたろも、おらは横になりてたってなってらんね身分なんだが羨《けなり》ましいかったですわね。話を合わせてても半分なに考《かんげ》えてたんだやら、貧乏人の僻み根性でしたこてね。

そうそ、お前さんのおととの話が出て思い出しましたんだが、いつかお前さんに聞かせろと思てましたんだが、大昔の話だろもね、お前さんに婿が来た日のこどはよう覚《おべ》えてますわね。婿だなんてねえ、大事《でえじ》なおとだてがんにねえ。お前さん方の祝言の二日も前《めえ》から、おら大きく《でっこう》なりだした腹して、台所《でえどこ》の下働きに行ってましたんだ。祝言の日、今みてに昼間どっかで式を挙げるなんてこどものうて、婿取る嫁取る家で夜祝言したもんだすげ、まあ、大宅のでっけ座敷から下茶の間までふすまや板戸を外して三十畳もありましたこてねえ。

日もとっぷり暮れて、真っ暗え道に提灯の列が長々と続《つづ》えて、仲人を先頭に婿さが大門を入《へ》って来らしたと誰《だっ》かが言うて、おらたち手伝いの者《もん》は裏口の戸をちょこっと開けて覗きましたんだ。そしたら背の大きな《でっけえ》人がまるで気を付けしたまんまの恰好で、真っ正面を向いたまんま歩いてきましたんだ。おやあ、婿殿《どん》は首が回らねんだろっかのう、て誰《だっ》かが小さい《ちんくて》声で言うと、ほんねさ、ばっか姿勢のいい人だわ。幾《いっく》らなんでもここの家に来る婿だんが、首が回らねこどはねえろて言うた人がいて、そうだわのうと相槌を打ったりして。どうして婿殿だってや、大宅の一人娘の婿になるんだんが緊張してましたんさねえ。今だすげ思いますろも。

お前さん、初めて聞きなさるろねえ。ほんね、あんげなこどもありましたんだが。おら、今でも思い出すと独りでくすくすと笑てますてばね。なつかし大昔の話ですてばね。

その彼は、川筋に住んで代々船で生計を立てていた家の三男だったが、学校の成績が良く、担任の教師は彼が師範へ行って教師になるのが夢だと聞いて、親たちに掛け合ってくれた。その話を聞きつけた兄二人が、自分たちも応援するからと、渋る父親を膝詰めで説得してくれた。そんな話はたちまち村全体に広がり、人々は滅多にないいい話だと好意を持って語られた。

富実の家との縁組みはどうみても釣り合うものではなかったが、彼が勤務していた農学校の校長が、たまたま富実の父親と昵懇の間柄だったことから、誠三のまじめな人柄を見込んで是非にと、話がまとまったということだった。

話がどっかばっか行ってしもて、したって次から次とどっかから糸でも引っ張るみてに出てくるんですがね。おらも手前の引っ張り出したがんにそうだったそうだったと楽しみましたわね。

話を戻すと、ほれね、それからしかもしてから、お前さん方が裁判の仲間に入ったげだと、おら家ん人が誰《だっ》かから聞いたげで、そんげな噂だと言いましたんだ。申請書てがんを出して、お前さん方に大学病院へ連れて行って貰て、何日も通うて、その度《たんび》に医者どんたちに皮肉を言わったり、嫌みを言わって、お前さんは帰りのバスを待ってっ時、あんまし人を小馬鹿にしてってすけ、思いっ切り睨みつけてやったと言いなした。おら、ぶったまげて声も出んかったがね。お前さん以上におらは味噌糞に言わって、情けのうて一人で行ったんだば、途中で止めて帰ってたかもしんねろも、連れてって貰た手前、勝手なこどもならねと我慢してたてがんに、医者どんを睨みつげたてや、さすがにお前さんだと思いましたわね。

そんげな思いまでしたてがんに、一年どころか二年近くも経ってやっと返事が来て、三人とも水俣病でねえって通知だったすげ、おら、あの医者どんたちだばどうしてすんなり認めてくれろばと思いましたわね。そしたら、お前さんのおととはこれで腹が決まったと言いなしたて、後になって、そうそ、裁判《せえばん》の仲間に入《へ》ったとお前さんから聞いた時でしたろっかねえ。

村でも大宅の人がよりによって夫婦揃《そろ》て、国から金を取ろうってや仲間になった、その上、おやじの方は世話方になってあちこち回ってるげだと、よそん人は蔭で言うてるがなて、おら家ん人から聞いてたすげ、お前さんにおら、何《なっ》でも言わんねかったですわね。

その後どれぐれしてからだったか、その日だったか忘れましたろも、倅がおれに、裁判の仲間になったんけと聞いたすけ、なんでおらがそんげな仲間になろばやれ、入《へ》ってねえすけな、て念を押しましたわね。それっきり裁判の話を親子ですっこどはねがったろも、もしかして、まだ小《ちいせ》さかった子が大《おっ》きなった時のことまで考《かんげ》えて、聞いたんだかやと思いましたろも、おらなんでも言いませんでしたわね。倅だてや、嫁がいればはや、おらたちより《よか》嫁だと思わんばねえ。

おれ、お前さんに、本気の話ですかね、て聞きましたんは、そのあとすぐだったがんは、気になって気になって、聞かんでいらんねがったんですわね。したってや、あっちこっちでお前さん方が陰口《ざんぞ》さってて、これはあの人《しょ》たちの耳にも入《へ》ってるこてなと思たら、いても立ってもいらんねなって。そん頃は千枝さはあっち逝ってしもてて、おらにお前さんからの使いも来ねなってたし、耳がよう聞こえねすげ電話なんて大嫌《でっきれ》いなんども、仕方がねえかけてお前さんがいらしゃるがんを確かめて行きましたんだ。したって、余所ん人の話ではいついつ二人して出かけたとか、今日も出かけたが、あれで患者だてんだが不思議だのう、丈夫な者《もん》だってや、ああ毎日《めえんち》のように出て歩かんねてば、とか言うてっすげね。

久しぶりに会うたお前さんは、余所ん人が言うように元気で、艶々した良い声はいっつものこどらろも、その声で言いなした。

「お前、何しに来たか当てろうけ。おら、おととと、いつお前が来っか噂《ざんぞ》してたんだわの。人があんげに言うてっすげ、きっと、昭さ心配して来っぞ、て言うてたんだわの」

冷めてしもたお茶を一口飲んでっと、おととがひょっこり顔を出しなした。

「今日は早えかったね」

立ったままのおととを見上げながら、

「いま、何しに来たか当てろかて言うてたとこだったわね」

と言ったお前さんの顔は、おととなんか企んでるみてに、顔に出てた含みを隠しもしねで、おら、なんだか少《ちっと》しこっ恥ずかしかったですわね。

おととは着替えて来なさると、いつもの場所に腰掛けて、お前さんの淹れたお茶に手を伸ばしながら言いなした。

「お前さんのこんだ、おれたちがこの間まで気楽に話してた人までもが、味噌糞に言うんだが、きっと心配してっぞ、そう言うてたんだ。心配してくれて有り難ろも、おらたちは神仏に誓うて、嘘八百は言うてねえすけの。金が欲してこんげなこどしてっかんではねえすげの。分がってくれっけ？」

おら、何で分がらんこどありましょうば、て言いましたろも、腹ん中では仲間にならんでいがったやあと思てましたわね。


その第二次訴訟の裁判は十余年の歳月を要して、第一陣は平成八年二月最高裁で和解が成立した。続いて第二陣から第八陣までが新潟地裁で和解を受け入れた。

紆余曲折を経ての裁判所から示された和解案を、原告の人々は決して満足して受け入れたものではなかっただろうが、係争中に次々と力が尽きて逝去して行く仲間たちを、これ以上増やしてはならないと、苦しみ抜いての決断であったとの声明が出された。

この結果が新聞に写真入りで大きく取り上げられ、昭子は、おやあ、いがったあ、富美さほっとしで、おとどに報告してるこて、と独りごち、かつて誠三が急性の心不全であっけなく亡くなった時、悔やみを述べた昭子に、

「裁判の結果を二人で見届けてかった。それが残念でならんてば」

とまるで涙はどこかに置き忘れてきたかのような、乾いた声で言った事を思い出していた。

おやあ、どうしたんだや、あんまし突然で、おとどが死になしたこどが分がってねえん

だろっか、まっさがなあと腹の中で呟きながら、富美の様子を眺めていたものだった。通夜、葬儀と裁判仲間だろうか、昭子たち村の者が見知っていない顔ぶれが斎場の一番大きな部屋を埋めていて、その人たちと応対していた富美は、昭子に見せたと同じ態度を示していた。人はそんな富美を気丈な人だと受け取っていただろう。

確かにそれは嘘ではないが、大分違う、と昭子は首を傾げたものだった。その頃はまだ東京暮らしだった、富美たちの一人娘晶子夫婦の方が、父親の急逝に驚き、慌てふためいて帰省したという様子が、外部からの列席者にもそれと分かるほど、悲嘆にくれて痛々しく思われたほどだった。

富美たち夫婦だけでなく、原告となった人たちの解決までの十余年は、街頭でのチラシ配り、手分けして各市町村へ協力の陳情に歩いたこと、上京して昭電の本社前で座り込みをしたこと、数え切れないほどそれらのために家を空けねばならなかった一つ一つを思い、あちこちから聞こえてくる誹謗や侮蔑の陰口、あからさまに皮肉られた人もいて、どれほどの悔し涙を飲んだことか。それなのに幾多の辛苦の代償がこれだけか？　とがっくり来た人がいても決して不思議ではなかったろう。人には言うなと念を押して連れ合いの良吉は、同情の言葉を昭子に漏らしたことがあった。

良吉が推測したように、原告の中には何はともあれほっとしたと言う人たちがいる一方で、本当にこれでいいんだろうか、果たしてこれで勝ったといえるのか、正直、勝ったのか負けたのか、すっきりしないと感じている人たちもいたことは、否めないのではあるまいか。弁護団はじめ主だった人たちの万歳万歳の合唱の陰で、しかし小さな呟きはかき消えてはいなかった。それでもかつて痛む体をあばいながら動いていた人々は、もう動員をかけられることはない、あれから解放されたのだ、それだけでもほっとすると、口々に互いの労苦を労り合った。

もう一つ言わせておくんなせ。本当《ほん》のことといえば、熊本の人の裁判をお前さんに知らせるにかこつけて、長う腹ん中に溜めてたこの一物《いちもつ》を喋ってしもいてかったろかね。今更言うてみたところで腹の虫がおさまるていうわけではねえし、この年になっと腹に虫もいねなりましたろもね、それでも話ですがんにねえ。

今でもあの医療手帳を見る度《たんび》に気持ちがざらっとしますあんだ。それで今は順子に渡してんですわね。おれがこう言えば、察しの良いお前さんのこんだ、いいねっけ、勘弁してくれね、てあの世から言うかもしんねろも、お前さんが言うてたと、もろに聞こえてきた時は、ほんね信じらんねで、まっさかそこまではなんぼなんでもて思いましたろも、聞かせてくった人は、おら、この耳でしっかりと聞いたんで。なんでおらがお前に嘘《てんぼこいて》ついて言わんばならんてけ。おら、聞いてて、この人でもこんげに言うんなあ、しかも仲良がってみてだったろも、やっぱ、余所ん人が言う通り、金が絡むと人が変わるてや、こういうこんだかと思たでえ。ほんね、金は魔物だてば。余所ん人の言う通りだのう。

はあ？　誰が言うたかてかね？　おや、身に覚えがねえなんて言わんでおくんなせ。

お前さんみてに、大宅の一人娘で育った人には想像もつかん考えを持つ人もいますあんだ。上手にお前さんの本心を引っ張り出す手管を知っててね。誰だなんてそんげなことはいいですわね、その人が言うには、

「ほんね、裁判の仲間になるんだすげと、おととが親切に検査に連れて行ってくれたり、申請書の書き方が分からねって言うもんで、一から教えてやってさ、それだてがんに裁判の仲間にはならねて頑として入らんかったんだでえ。おととはいろいろとわけもあっこてや、て分かりのいいこと言うてたろも、こっちは呆れてしもて」

て言いなした。本当《ほんね》にその通りでしたかね？　その人はまあだなんかあるろうて鎌掛けたんですてね。そうしたらやっぱあったてね。

「原告になった患者は、手分けして陳情に行ったり、人が沢山《いっぺ》行き来する古町の十字路で、署名運動をした時もそうだろも、東京へだって何べん行ったやら。九州までも行ったんでえ。ノーシンだのサロンパスだの睡眠薬だの、何日分も持ってさ。嫌な思いも沢山《いっぺ》した。良いこともあった。それだんがあんげに長々と裁判をして苦労した者《もん》と、仲間に入らんかった者がおんなじ条件で医療手帳を貰《もろ》たんだすけの。和解の条件ではあったろもさ。どんげな顔して受け取ったやら。想像もつかんてば」

そう言いなしたてねえ。おら、聞いてて、ああ、今度《こんだ》はおらが腹を探られる番だな、て思たすげ、たまげた顔もしんかったし、おやあ、おやあとだけ言うてましたわね。

それだんがあんまし悔しておら家ん人に言いましたわね。お前さんが名前を出さんで言うたって、あそこまで言われれば、聞く者はおらのこどだと分かるんだが。そんげなこどして、何が面白《おもっしぇ》いんだやら。そしたらおら家ん人が言うたんだわね。

「どうしょうばお前は、あの人の喉に引っ掛かって取れね小骨みてなもんだがな。いらっとして神経にさわって気になって仕方がねえんだが、ごっくんと唾を飲み込んでも取れねね」

小骨てやよう言うたと思いましたわね。

それからしかも経って、おらの気持ちも落ち着いてきてたすげ、家の者に送って貰てお前さんのとこへ行ったんですがね。それでも一年ぐれえ経ってたかもしんねね。

久しぶりに行ったもんだすげ、晶子さが喜んでくってねえ。おら、来た甲斐があったと思いましたわね。そんだがたまげたこどにお前さんはおらの顔を忘れてしもてらした。別人みてに惚けた顔して、時々にこっと笑うもんだが、おや、思い出してくったかとほっとしてっと、お前さま、どちらさまですねと聞きなした。晶子さが、お母さんのお友達の昭子さんでしょ、と教えても、一分もしね小間《こま》にまた同じこど聞きなした。その繰り返しをなんべんもなんべんも、晶子さは根気ようしてやってましたがね。おら、あとから思たんだろも、おととが亡うならしたあたりから、はやぼけが始まってたんでねえろっかねえ。涙一粒出さんかったなんて、そうでも思わんば。おらがお前さんに会うた最後でしたわね。

お前さんのおととが亡《の》うなってからすぐと晶子さたちが家へ入らして、ほんね良《い》がったです。お前さんの一生は恵まれ続きでしたわね、おととはほんねいい人だった。お前さんとおんなじ一人娘の晶子さは気性のさっぱりした、高ぶったとこのねえ、おらみてな者にも平らに喋ってくれて。

大昔のこどだろも、ばったり道でお前さんに会わんかったら、おらの一生はもっと世間が狭えかったと思うし、気の持ち方だって《だてや》もしかしたらぎすぎすしてたかもしんねし、それに何よりもこんげによう喋るばばでねがったかもと、今思いましたわね、あははは。仲良うして貰てほんね有り難かったですてね。

　こうやって、あれを思いこれを思いしてっとね、誰《だっれ》も欲しょうもねえ水俣病なんてがんを担がさっても、みいんな黙って耐えてきたんだいねえ、何十年も。そして、やっと首を上げ背中を伸ばして、世間の人に手前の様《ざま》の悪い《われ》がんを見らっても、どうしょうばと覚悟を付けた者《もん》は、思いがけず周りの知り合いからさえ金欲しさの嘘つき《てんぽこき》だの、食わんねわげでもねえってがんに欲出してだの、数えればきりがねえほど沢山《こったま》言わって。おらはそれが恐ろして首を引っ込めたまんま、音出さんねがったんだろも、それでお前さんとも行き違いがあってせつねかったですわね。

　そういう意味では、お前さんもおれも大抵《てえて》でねがった一生だったろも、そんでも生きてるてがんはいいもんだと思いましたわね。お前さんもそう思いなさるろうね。

　ああ、そうそ、おれがここにいるてことですろも、ほんね、思い出すのも身を切られるみてにせつねてねえ。あの年はどうしたってやら身内に思いがけね不幸が続きましたんだ。そのどん尻がおら倅夫婦の交通事故でありましたんだ。一瞬の間に大事《でえじ》な家の柱がぼきっと根本から折れてしもたんだが、ほんねあん時はこの世に神も仏もいねと思いましたてばね。倅夫婦と三人で暮らしてましたんだが、あっという間におれだけになってしもてねえ。孫倅は東京に住んでっし、下の孫娘夫婦は新津でマンションてがんに、入ってんですがね。エレベーターはあっろも、なにせ高校生と中学生の子が男と女だんが一部屋ずつ使いますろがね。その孫娘がばあちゃんどうするて心配して言うてくれても、どうして婆のいる場所なんてありましょうばねえ。

どうしたもんだやらと独り悶々としてましたわね。ほんね、こんげな時お前さんでもいてくれられたらと、おら、なんべんも思いましたわね。自分で何とかしんばならん。沢山《いっぺ》もねえ土地だろも手放して、その金で町の老人ホームにでも入るしかあんめえなと思てましたろも、こんげな在郷でおいそれと売れるもんでもねえし。そしたら順子の連れ合い《おとうさん》が家に来ませんかねて言うてくれなしたんですわ。おら、涙が出て止まりませんかった。やっぱ仏さまも神さまもいっかんだて思いましたわね。

あとどんげ生きられっか分がりませんろも、今は幸せにしてますてばね。

熊本の人が裁判に勝ったてこどをお前さんに教えてやりてと喋り始めたがんが、長々となってしもてね。沢山《こったま》聞いて貰たろもうるせかったですかね。また、いい話聞いたら教えますさね。どうか、聞いておくんなせ。

川の記憶

あと二日。美保子は心の中でそう呟いて、その言葉をすとんと心の底へ落とし込むようにため息を吐いた。母が住み込みで働きに出て一ヶ月。前ほどではないが、母の不在にはまだ慣れないのだ。週に一度の休みに帰ってくるのを指折り数えて待っているのは、自分だけではないと思うのだが、妹の眞由美とそんなふうに話すことはない。小六のくせに、淋しそうな素振りさえ見せないからだ。

美保子は学校から帰ると、いつもの場所で立ち止まり、息を止め、耳を澄まして家の中の様子を窺った。

もう以前のように、小路を入ると後先も考えずに玄関まで突進して、勢いに任せて乱暴に戸を開けると同時に、家の中へ駆け込むようなことはしなくなった。以前は祖母に見つかると、

「これっ、そんげな開け閉《た》てはすんめ。まってえ野郎っ子みてだがな」

と、再三たしなめられても、長年耳にたこができるほど聞かされた、祖母のそんな言葉は右から左に流して、ああとか、分かったとか軽くいなして、気にも留めていなかった。

だが、少し前にそれをやった時、運悪く父とお客が茶の間にいて、突然、乱暴に戸が開いたので、驚いた二人が同時に顔を向けたのだ。それは美保子にとっても思いがけない出

来事で、よもや休みでもない日の午後に、父が男の人と家にいることをうっかり忘れていて、驚いたのは彼女も同じだった。

そうだった。父ちゃんが家にいることを忘れてた、と状況の変化を知っていながら、身に付いていないための失態であることを認めるのだった。

自分の乱暴な所作が恥ずかしかった。母親似の眞由美と違って、美保子の体型は父親譲りで大柄なのだ。母の晴美の背を疾うに追い越して、制服の袖がつんつるてんで肩幅も窮屈になっているが、母はあと少しなんだから我慢しれ、と言ってる。普段は大人並みだと家族に吹聴している自分が、祖母の言うように男子並みのがさつな態度を見せてしまったのだ。やべえ、と思ったがもう引っ込みはつかない。後戻りも出来ず、立ったままお客にぴょこんと頭を下げている美保子に、あきれ返ったといわんばかりの二人の表情が、目の前にぬうっと迫ったように取れたのだった。

あの時から大分経っていて、美保子ももう乱暴な振る舞いはしなくなった。その代わり茶の間の窓側に下ろしてある下屋の中へ、別に頭がつっかえるわけでもないのだが、屈みながら入ると、誰かお客が来ていないか探りを入れる。人の声が聞こえるとそおっと戻って裏口へ回るようになっていた。

父が家にいるようになって、急に人が来るようになった。どの人も美保子の知らない人だった。裁判に関する話なのか、父に似合わず小面倒げな話を交わしているのだった。だが今日は誰もいなかった。家の中は深閑としていた。

この頃は、祖母は用がない限り、祖父が寝ている自分たちの寝間へ行っているのだ。離れた茶の間や下茶の間にいると、祖父が呼んでも聞こえないと困るからというのが理由だ。まるで無人の家のように、馴染みのないよその家のようなたたずまいだと思ってしまう。

前だって家に誰もいないことは再三あった。父は運送会社へ勤めていたし、大工だった祖父がまだ元気だった頃は、材木屋を営んでいた親方の所で仕事をしていたし、祖母と母は畑か田んぼにいて、家が空っぽのことはよくあったのだ。それでも夕方になれば母は帰ってきた。今は休みにならなければ帰らない、そこが違う。たったそれだけのことだが、母の存在は大きいと感じてしまうのだった。

にわかに人が家に来るようになって、ますます祖父母たちは奥へ引っ込んだまま、日中はよほどのことがない限り、茶の間とか下茶の間にいることはなくなった。思いがけない時にがらっと玄関の戸が開いて、会いたくもない人たちと顔を合わせる羽目になることを避けているのだ。自分の家なのにこそこそ隠れるように暮らしているみたいだと、孫の美保子には思えるのだ。後で知ったのだが、母によればそのような人たちも新潟水俣病の被害者で、以前に水俣病で提訴の経験があって、父はこの病気が公表された当時からの成り行きや、過去の裁判の様子などを聞いていたということだった。

　そんなある日、夕食が済むと父武敏が、

「じいちゃん、向かいの隆が来るすけ、一緒に話を聞いてくんねけ、ばあちゃんもの」

と言った。

　しばらく経っても祖父順造が返事をしないので、武敏が確かめるように少し声高に問うた。

「今、おれが言うたこと、聞こえたけ？」

「……ああ」

　聞き取れないほどの小声で順造がぼそっと言った。それは返事という言葉を当てはめるより、呟くような吐息のようなものに、その場に揃っていた家族には聞こえた。

「ばあちゃんも分がったの？」

「分がったわや、そんげな大きい《でっけ》声で喋らんたって聞ごえっわや。道行く人《しょ》にも聞かせるつもりだか」

祖母のぶえは時々、すぱっと物を言う。殊に息子の武敏には辛辣だと、美保子は脇で聞いていて思う。今もそうだ。

「そうけ、聞こえたんだば、いいの？」

「何がか？」

「しらっぱぐれねで。じいちゃんと一緒にいてくれね、奥へ入《へえ》らんで。いいの？」

「話が決まったんか」

祖母でなく、順造が聞いた。

「ああ、まあ、そういうこどになったんだ」

「決まったんだば、それでいいねっか」

「おれはの……」

「お前《め》らが散々考《かんげ》えて結論を出したんだ。おれはお前のやるこどに文句は付けねで。おらとお前では立場が違《ちご》うすけな。人が何と言おうが、決めたこどを通せばいい」

「お前がそんげなこど言うすけ、武がその気になっかんだがの。この間《ええだ》、お前、おれに言うた時、そう言うたけ、おれの聞き違いだけ？」

祖父の言葉に、祖母が文句を言ってるのを聞いていて、美保子は、割れてる、と内心で呟いた。いつだか知らないが二人が話した時とは、違う意見をじいちゃんが言ったから、ばあちゃんはあれで精一杯反論したつもりなのだ。父に物言う時とはかなり違うとおかしかった。

昨夜、向かいのおじさんが来て、長く父と話し込んでいた。しばらくして母も話に加わった。いつもなら声高に喋る母がまじると、家中に話の内容が筒抜けになるのだったが、その夜は違っていて、だが、美保子には何の話でおじさんが来たのか、大体のことは分かっていた。

おじさんは、いま裁判が始まったばかりのグループに、原告として加わるように、父を説得していたが、どうやら父がその気持ちを固めたようなのを確認しに来るらしかった。父は、一緒に祖父母たちも加わらせようと、何度か説得していたが、二人は首を縦にしなかった。だが、父がそう決心したのなら、祖父は陰ながら応援するみたいな口ぶりだった。

それを祖母は不服らしく、二人で喋った時と違う話になったと、さっきみんなの前で文句を言ったのだ。

長年勤めていた会社の健康診断で、武敏は周りがよく見えないような不安に襲われる時があると、不用意に喋ったことが始まりだった。嘘ではないが、そんな時は不安に襲われるというのは少し大げさだったかも知れない。適当な言葉が出てこなかったし、まあ、こう言っても、早々と老眼鏡を掛けるように勧められるぐらいのところだろうと軽く考えていたのだ。ところが年に一度だけ検診に来る内科医は、武敏の言う言葉をまともに受けて、きちんと検査を受けるように勧めた。軽く考えないで、必ず受けて下さいと念を押した。

彼にしてみれば、最初はいよいよ眼鏡が必要になったかぐらいに思っていた。その時は言わなかったが、目以上に気になっていたのは、親たちが悩んでいた体の変調に似た症状が、自分にも出ていることだった。だが、それは今のところ、直接仕事には差し障りがない。だから言わなかったのだが、出来るものなら軽症の今、薬でも飲んで抑えられれば、親たちほど重くなるには、しばらく時間稼ぎが出来るかも知れない。目は別にして、体全体を診て貰おうと考えて、一日休みを取って、妻の晴美が薦める沼垂診療所へ行った。

カルテを見て、医師は自分の前に腰を下ろしている武敏を、眼鏡の上から窺うように見て言った。

「もしかしたら、あんたの親父さんは荒井順造さんでないかな」

と言った。眼鏡の奥の目が優しげに見えた。

目の前の患者を診る前に、家族の名前を言い当てた医師の言葉は、武敏には意外であった。

はあ、と言いながら頷いている武敏に、医師は口元をほころばせて、

「体つきが親父さんにそっくりだ。親父さん元気にしてますか」

と聞いた。

「はあ、まあ、なんとか」

「うん。お母さんはどうですか」

「まあ、なんとか」

親たちを知ってるのか、聞いてみようかと思いつつ、まさかとも思ったりして迷っていると、

「昔でもないか、しばらく前に、私があの付近を歩いた時、よく付き合ってくれたんですよ。お宅へも寄せて貰ってねえ、世話になったんですよ」

と親しげな表情を見せて言った。

「あんたの住所を見て、急に思い出しました。元気なら何よりです。ところで今日は……」と、武敏を促した。

「最近、なんだか目の方が、早々と老眼でしょうかね、周りがよく見えねみてなんです」

「どういうふうに？」

そう問われて、武敏は首を傾げながら、

「なんか、もういっぺん見直さんばならんみてで……」

彼のその言葉を受けて、医師は机に向かっていた体を武敏に向けた。そして、彼の目の前からゆっくりと両方の掌を横に移動させ、

「見えなくなった所で言ってください」

と促した。そしてもう一度と言って繰り返した。

「視野が狭くなってますね。体の方はどうですか、どこか痛いとか、しびれるとかしますか」

医師の問いに、武敏は一瞬、どうしようか迷ったが、

「いや、それはないです」

と答えた。正直でないとは思ったが、今は目以外のことは出さない方がいいようだと、こ

こへ診察を受けに来た目的を変えて、そう言った。

「ふむ、そうですか。でも一応調べてみますかね。それではその場で片足で立ってみてください。どっちからでもいいです」

ふらついて、あっけないほどすぐ足を下ろさねばならなかった。苦笑しながら首を傾げている武敏に、

「それではまっすぐ前を見たまま、この線に沿って歩いてみてください」

と言って、床に貼ってある白線を示した。

それならたやすいと交互に足を出して進もうとしたが、すぐにぐらついてしまった。

「もう一度やってもいいですか」

武敏は、こんなことも出来ないとは情けないと思いながら、医師に頼んだ。再挑戦もうまくいかなかった。過度に緊張しているためだと思ったが、それ以上は言えなかった。

ほかにも幾つかの質問に答えた。

医師はまた机に向き直って何かを書き終えると、

「間違いなく水俣病の症状が出ています。どんな仕事をしていますか」

と問うた。

「運転手をしてます」

「運転手ですか。大型？　トラックとか。そうですか、仕事中に、つまり運転をしている時に、困ったことはありませんでしたか」

「はあ、まあ、特別困ったことはありませんでしたろも、さっきも言いましたように、一度見た方をもう一度見直すことはあります。目も水俣病になるんですか」

「体のどこが冒されて、どこなら冒されないってことはないですよ」

医師は、武敏の質問にさらりと答えた。聞いていて、おれは馬鹿みてなことを聞いたんだなと、内心で恥じ入った。

医師は、出来れば運転はしないほうがいい、しなくて済む部署に変われれば、一番望ましいと言った。

「ところで若いあんたにこれほどの症状が出ているなら、親父さんやお母さんも何らかの支障はあるんじゃないですか、どうですか」

医師の視線が、さっきから武敏に向けられたまま動かない。優しげなまなざしだが、腹の底まで見通されているように思われた。正直に言うしかなかった。

「さっきは元気だと言いましたろも、元気なんは母親の口だけで、親父の方はこの頃は歩くのが難儀だと言うて、寝たり起きたりです」

「うん、そうですか。お母さんはどうですか」

「おふくろは歩くのは、親父ほどせつのうねえみてですが、畑仕事が出来ねなって、この頃は家の中でごろごろしてるげです」

「畑仕事が出来なくなったのは？」

「手に力が入らねで、頑張って鍬を持ってみても、すぐと疲れるげなんです。あ、そういえば、目が回るとかふらつくとか言うてます」

「一度、二人をつれて来なさいね。私もしばらくぶりでお会いしたいし、ね」

「ありがとうございます」

「待ってますよ。ところで今日はここまでどうやってきました、車？」

「いや、バイクです」

「充分左右に気を付けて。スピードは出さんでね。出来ればバイクも乗らんほうがいいね」

立ち上がった武敏に、医師が言った。

診察室から出ながら、武敏は車に乗るなと言わっても、これで飯食うてんだすけ、と内心で不服に思いながら、はて会計はと歩き出すと、真っ正面から、

「よう」

と声を掛けてきた男を見て、どきっとした。向かいに住む坪田隆だった。

なんて日だ。こともあろうにこいつに会うなんて。こんな所で一番会いたくない男だ。とんでもない所で会ってしまった。晴美にいい加減なことを言われないのと同じくらい、この男にも嘘は言えないのだ。なにせ子どもの時から高校まで一緒だったし、親にも言えないことでも互いに喋ってきた。家族も身内同然に付き合っているのだ。

だが、何でこいつがここにいるんだ？　もしかして？　まさか、一度もその気《け》があるなんて聞いてねえぞ。おれの思い過ごしかと、内心でそんな呟きをしている武敏に、

「お前《め》も菊田先生の診察を受けに来たんか？」

と隆が聞いた。周りの人間を気にしたのかめずらしく小声だ。だが、目は探るように光っていた。武敏は、そんなふうに取るのは自分のひがみだとは思ったが、ぐっとこらえて、

「お前もそうなんか」

と答える前に聞き返した。

「ああ、まあな。今日は年寄りたちの薬も貰て帰ろうと待ってたら、お前が診察室から出てきたんでたまげた」

「おれだってやたまげた。何で来た？」

軽トラで来たという隆に手を貸して貰って、武敏は荷台にバイクを載せて一緒に帰った。家までの三十分あまりの間、彼は何度も舌打ちしながら、医師に告げられたことを不満も込めて伝えた。

「目ではなあ、辞めんばならんこてや。視野狭窄てがんはおっかねえんで、事故を起こしてからでは遅《おせ》いすけな」

隆の言った言葉を、武敏はそうなのかと思い、一方で視野狭窄と心の中で反復しながら、

「面倒くっせ言葉を知ってるんなあ。お前もか？」

と聞いてみた。視野狭窄なんて小難しい言葉をさらっと言うくらいだから、もしかしてこいつもそれか？　とひらめいたが、図星だろと言う代わりに一応聞いたのだ。

「おれの場合は目よりか、手足が冷《つめ》てで、まるで女《おなご》みてだて笑わってる。そればっかでねえで体のあっちこっちが痛えんさ」

そう言ってから、

「頭が痛むと何《やめっ》も手に付かねんさ。ここへ来る前にどれぐれえノーシン飲んだやら。年寄りも同じなんで、ほれ、この薬の量」

と言って、ドア側に付いているフックの方を顎でしゃくった。そこには今貰ってきたビニール袋が三つもさげてあった。

「いつから通てんでえ」

「うん、大分《しかも》経つな」

「知らんかった」

武敏は、隆のことは小学校の通信簿を見せ合った仲なんだから、互いに秘密なんて何もない、風通しのいい間柄だとばかり思っていた。今回の件もそのうちに喋るつもりだった。しかし、甘かった。こいつはおれに教えねかった。今日僅かに時間がずれて会わんかったら、おれが喋ってもこいつは知らんぷりしてるつもりだったろうか。俄に体中にすかすかと穴が空いてしまったような、うそ寒さを感じた。裏切られたような、お前こそ根性よしと、内心で嘲られるところだった。今頃やっと気付いたか、そんなふうに思われてんか?こいつをぎゃふんと言わせたいと思っても、何も思い付かなくて、黙っているしかなかった。

とんだ所へ来てしもた。先生にはすぱっと言わってしもたし、参《め》ったなあ。どうせばいいってんだ。晴美の勧めるのに素直に従った結果がこれだと落ち込んだ。

そういえば、おら、家の年寄りたちが水俣病らしいとは露疑ったことがなかった。晴美は気付いていても、おれには言わんかったのか。なんでだ？　縁起でもねえこど言うなとおれが怒るとでも思たか？

あれは、おれが年寄りたちと同じだと知ってて、先生の所へ行ってみれ、と言うたのか。そうせば分かると？

親たちと自分のあちこちの不具合を、改めて確認したような一日だったと、武敏は暗澹たる思いを噛み締めた。

それだが誤魔化して会社に出てるわけにもいがねしなあ。運転手に運転はするな、バイクにも乗るなと言われれば、仕事に行くにも手段がない。家から会社まで軽トラに乗って突っ走れば幾らもかからないが、国道まで歩いてバスで通うとなると、気が遠くなるほど時間がかかる。

そろばんもはじけねし、字だって事務所の連中みてに上手に書かんね。運転しか知らねおれが上の人《しょ》にどんげな顔して、どう言うて頼むんだや。根性よしと見下されて笑われるだけだ。

医者は暗に、周りがよく見《め》えねおれが、事故を起こしたら大変だと言いたかったんだろうが、それほど見えねわけでもねえし、真っ正直に取ることもねえか。武敏はまだそこに拘っていた。

しかし、会社のあちこちに「安全運転」とか「交通月間」とか「無事故無違反」なんてビラが、目のつきやすい所にべたべたと貼ってある。運が尽きたか。これではまるで生殺しにあったようなもんだ。いよいよ子どもに金が掛かる時期だてがんに、子どもを人並みに育てられるのか。今辞めたとして、退職金は多分雀の涙ほども出ないだろう。どうせばいいんだ？　隣りの隆に気付かれないように、ふうーっと腹の底で息を吐いた。

急にむらむらと腹が立ってきた。自分でも抑えられない、体の奥から突き上げてくるような怒りを、武敏は隆に悟られないように押さえ込んで、じっとしていた。

隆もまた、武敏の無言に付き合うようにカーラジオもつけず、二人は軽トラの狭い運転席で固まっていた。

自分が業腹《ごせっぱら》やいているせいか、隣りでさっきから黙《だん》まりを通し続けている隆とも、修復できないほどの気まずさを、感じてしまったようだと落胆もしていた。

武敏は帰るとすぐ、裏の畑にいた晴美に、医者の言葉を簡単に伝えただけで、親たちにはまだ報告を済ませてなく、食事が終わったらと思っているところへ隆が来た。

彼の姿をいち早く認めた晴美が、

「今日は父ちゃんが厄介になったてね、ありがてかったてね」

と声を掛けながら立ち上がった。

常日頃、身内同様のつきあいをしている、武敏と隆の家族はほとんど挨拶抜きの間柄なので、隆が、

「ここん人《しょ》、夕飯終わったかな」

と遠慮のない言葉と同時に上がり込んできても、さっきの一件に拘っていた武敏だけが、へえ気を悪うしたんでねがったんかと、一瞬思ったぐらいで、いきさつを知らない親たちや晴美も気安く迎えていた。

隆にお茶を出しながら、晴美は振り向いて娘の美保子に、

「そこ片付けて洗い物もしてくれや」

と言いつけた。

食べ終わった年寄りたちが、よっこらしょと立ち上がって、祖母のぶえが連れ合いに肩を貸して、奥へ行こうとしているのを、武敏が呼び止めた。

「じいちゃんたち、ここへ来てくんねけ、話があっすけ」

そう言う武敏に、のぶえが、

「じいちゃんは早う横になりてと。食わんば薬が飲まんねすけ、どうにか食うたろも、今日は難儀なんだ、後にしてくれや」

と言った。

武敏は、ああ、分かった、というふうに無言で頷いて立ち上がると、父親の前に行って背中を向けると、少し背をかがめた。そして思った。おれの何歩か先にいるだけなんだ。年寄り病だとばっかし思てたろもそうではねがった。気が付いてやらんで済まなかったと思った瞬間、熱いものが武敏の胸をいっぱいにした。

親たちの部屋は二組の布団が敷きっ放しになっている。いつも見慣れたそこへ入って、父親を布団の上に下ろす前に、彼は密かに息を整えねばならなかった。これからも今までと同じように、父親が具合が思うようでない時には、背負って寝間まで連れて来ることに変わりがないとしても、おれの気持ちはまるっきり違うと、実感していた。

美保子は食卓の片付けや洗い物をしながら、大人たちの話を断片的に聞きかじっていた。そして、思った。父ちゃん、仕事が出来ねなったんろか。そうだとしたら、この家はどうなるんだろ。働かなければお金は貰えないんだから貧乏になる。私の進学はどうなるんだろ。

言いつけられたことを全部終えて、祖父母たちの部屋へ行った。案の定、妹の眞由美が、祖父母たちのテレビを真っ正面で独占していて、お笑い番組を一人げらげら笑いながら見ていた。美保子が入ってきたのをちらと見て、またテレビの画面に戻った。

「父ちゃんたちの話はなんだった？」

と祖母が聞いた。

「うん、ちらっとしか聞こえんかったろも、父ちゃんの体のことみてだった」

「おや、母ちゃんが、菊田先生《せんせ》に看て貰《もろ》いに行ったて言うてたろも、どんな《どんげ》だったんだやら、なんか言うてたか？」

「おじさんが仕事は辞めんばならんこてて、言うてた」

美保子は盗み聞きしたようで少し躊躇《ためら》ったが、聞いたままを言った。

祖父の足を揉んでいた祖母の手は、休みなく動いてはいたが、顔は美保子の方に向いていて、表情は祖父と同じく変化は見られなかったものの、声には僅かだが気持ちが表れていた、と美保子は思った。

何も言わない祖父もまた、祖母のように考えていただろうと彼女は思った。だが、眞由美は周りの会話にすら関心が無く、ただひたすらにテレビにかじりついていた。

翌日の夕食時にまた隆が来た。美保子たちはまだ食べ始めたばかりのところだった。

「早えのう、いっつも」

と祖母が食卓に付いたまま、隆に言った。

「年寄りと三人の飯《まんま》だがの、さらさらっと食うて終わりだてば」

向かいの家では、一人息子は今年から北海道の大学へ行っているが、隆の連れ合いは月岡温泉で旅館をしている親戚へ、請われて住み込みで手伝いに行っていて、週に一度帰って来るということだった。

「じいちゃんたち、今日は話を聞いて貰うすけの」

と武敏が前もって二人に言った。

今夜は美保子と眞由美が揃って後かたづけをした。食事中に武敏が、眞由美に姉ちゃんを手伝えと命じたからだ。

台所では眞由美が不平そうに言っていた。

「どうしたん？　おじさんは毎晩のように来るし、大人たちはなんの話なん？」

「父ちゃんが会社辞めっかもしんねんと」

「なして！」

「昨夜の話では、父ちゃんは運転が出来ねなるとか言うてた」

「なして？」

「目が悪《わり》くなったんと」

「ふーん」

眞由美の長く引っ張った返事とも納得した表れとも付かぬ、そんな言いぐさを聞きながら、美保子はまたも、そうなったら私の進学はどうなるんだろと、内心で呟いた。いやが上にも不安だけがふくらんで行くのだった。

眞由美が不思議がる隆の訪問の目的は、武敏に新潟水俣病の認定請求を出して、自分が加わっている、第二次新潟水俣病訴訟の原告に加わるよう勧めることにあった。

それを知ったのぶえは、ちらと連れ合いの方を窺ってから言った。

「おれもじいちゃんも、昼間聞いてたまげたんさ。それだがたった昨日《きんの》、その気《け》がありそげだと言わったばっかかで、早その話になるんだけ。家の者で詰めてもねえし、ちっと待ってさ、年寄りが口出しして悪《わり》いろもさ」

のぶえにしてみれば、言下にすぱっと断りたいところではあったが、晴美がどう考えているか、本人の武敏はどうなのか、さっきはそこまで聞けなかったのだ。夫婦は少しでもその気になってるのか、憶測すら付かなかったのだ。

自分たちは疾うの昔に、これはあの病気なんだ。若い頃から川魚に浸かってたような食生活のなれの果てだと、二人で話したことがあった。武敏が検査をして貰った菊田先生がかつて言われたことを、二人は忘れてはいなかった。

「今はどこもおかしくないとしても、いつか症状が出てこないとも限らんしね、その時は早めに来なさい」

と勧められていたのだ。

あれは警告だった、と順造は早い頃にのぶえにつくづくと言ったことがあった。

「先生の目は節穴でねがったのう、ぴたっと当てなした」

二人は、見事に言い当てた菊田医師の先見の明に感じ入ったのと、見抜かれてしまった自分たちの体の不具合に、短いため息を吐いたものだった。

たとえ、先生の言う通りであったとしても、おれは検査はしね、だすけ先生ん所《とご》へも行がね。人に後ろ指差さって、金亡者だの、欲たかりだのと、人が噂話《ざんぞ》してるがんを散々聞いてきた。おれが噂されっとすれば、あそこは貧乏だすけ金と聞けば、痛うねでも痛て言《いって》うてるんだ、ぐれえのこどは覚悟せんばならね。そんげな悪口を四方八方から浴びせらってまで、裁判《せえばん》の仲間にも入りとうねえし、たとえ菊田先生が親切に診てくれられても、水俣はごめんだ。認定も要らね、金も要らね。

運よく面と向かって言われることが無かろうとも、そして表向きはどうあろうと、少し《ちっと》大げさに言えば、現実は仲間はずれも同然で、そんげな扱いは受けとうねえ。なったがんはどうしょうば、身の不運だと諦める、と一度だけのぶえに言ったことがあったのだ。

「ほんにさ、それだんがどんげな薬を飲んだってや、びくともしねんだがの、この病気は。せめて少し《ちっと》ずつでも軽うなっかんだばいいろものう」

今、向かいの隆が武敏を裁判で戦おうと、誘いに来たと分かっても、やめれとは言うまい。言いたい気持ちは山々だが、おらたちみてな明日にもあっちへ行ぐ人間と違うて、これから二人の子どもをしつけねばならねんだが、働かんねなってはそれもおぼつかねなる。母ちゃんだてやどう思うてっやら分がらねんだし、ここは黙ってみてるしかねえろと思う尻から、そんでも性急にこの男の言葉に乗って欲しくないと願う気持ちが勝って、のぶえはついつい一言言ってしまったのだ。

一瞬、しらっとした空気が流れた。誰ものぶえの言葉に続く者はいなかった。気まずい雰囲気を避けるように、晴美が新しく茶を淹れ替えた。

「そうだのう、返事を急がしてしもたの。ま、納得がいくまで話し合うてくれね、いい返事が聞きてすけ」

隆はそう言って、この話題を切り上げ、しばらく晴美を相手に四方山話をしてから帰った。

美保子の知る限りでは、大人たちが自分や眞由美のいる時に、それを話し合ってはいなかったので、いつその話が出るのかと内心で待っていた。もともと家ではよそと違って、子どもがいても隠し立てなく話し合っていると、友達とのおしゃべりで理解していたのだ。

眞由美は全く関心がないらしい。美保子は父が無職になったら、一番影響を受けるのは自分だ、来年は受験なのに駄目になってしまうかもしれないからだ。

美保子は高校を出て、大学へ行きたい希望を持っていたので、自分で働きながら定時制へ行けと言われるかも、と気が気でなかったのだ。

その思いだけがふくらんで落ち着かなくなった。彼女は思い切って母親に聞いてみた。

すぐと答えない母親に、美保子は催促した。

「父ちゃんの目が悪くなって、仕事が出来ねなるかもしんねって、母ちゃん言うたろ？検査に行った病院で、おじさんに会って、おじさんも父ちゃんに仕事は無理だって言うてたんろ、ほんきに水俣病だったたん？」

晴美は無言で頷いて、言った。

「医者《せんせ》は水俣病だと言うたげだ。それでも正式に認めらったわけではねえすけな。いいか、仲間にも喋るなや、人の口は恐《おっかね》いすけな」

そして、また言った。

「目でねば、薬を飲みながらでも仕事を続けられっかもしんねろも、無理はして貰いとうねえし、辞めんばならんこて。事故でも起こしたら大事《おおごと》だすけな」

母の言葉を聞いていて、美保子はどうやら母も不安らしいと察した。

美保子は思い切って聞いてみた。

「父ちゃんが無職になっと、高校はだめ？」

不安そうな顔が自分に向けられているのを見て、晴美は、

「なにそんげなことあろば。しっかり勉強して高校へ行かんば、な」

と美保子を励ました。

「それでも……」

とまたも不安そうな声を一言口にすると、

「この話は終わりだ。お前は自分のことをしっかりやればいいんだ。後のことは父ちゃんと母ちゃんが何とでもすっすけ、な」

と早口に言い置いて外へ出て行った。


この頃、父ちゃん少し《ちっと》変だ。めっぽう喋らんなった。美保子はそれを母に言うと、

「父ちゃんもいろいろ悩んでんだがな。考えてっと、むらむらと腹が立ってくるんだてや。腹ん中が煮えくりかえるぐれえ怒ってんだてや。それでも幾ら《いっく》怒ってみたって、情けねえ気持ちには勝たんねと。こんげな病気にさってしもて、仕事も辞めんばならんし、せつねんだわや」

「誰に怒ってん？」

美保子の問いに、晴美はなんでそんげなこと聞くんだ？　と言いたげな面持ちを向けた。

「聞かんば分がらねか。お前ぐれの年になってれば分がるろが」

「死んだ魚を食うたすけ？」

「何で魚が死んだんだ？」

「上流で毒を流したりしたすけ？」

「ここらん人《しょ》は昔っから川魚を食うてきたんだ。魚を食うたばっかしで病気になってしもた。なに一つ悪い《われ》ことはしてねてがんに。そうだろ？　高校を出っとすぐ働きに出て、何十年も一生懸命働いてきて、まだ四十五になったばっかだてがんに、仕事が出来ね体にされてしもた。父ちゃんが怒るのは当然だわや、お前だって分がるろ、父ちゃんの気持ちは？」


うん、分かる。美保子は心の中で呟いて、深く頷いた。声に出して言えば、涙声になってしまいそうで、そうなるともう堰が切れたように、次は嗚咽になってしまうからだ。

家に父親がいると、母と眞由美以外の者は、足音にすら気を付けるようになった。家が古いから廊下も板の間も、静かに歩いてもがたがたと音が出る。神経に障ると一度でも武敏は子どもを叱ったことはないし、老親たちが鳴りをひそめているらしいとも思わないようで、父自身は母を呼ぶ時も、人が来て応対する時でも、美保子の目には感情をあらわにすることもないように見えた。それでも、父ちゃんは変わったと思うのだ。

二、三日隆が来なかった時、母が言うには、父は午後からずっと出かけていたそうで、夕食間近になって帰ってきたことがあった。

食事が済んで、年寄りたちが薬を飲み終えると、いつものようにのぶえが順造に肩を貸して、自分たちの部屋へ行こうとしていると、

「じいちゃんたちここへ来てくんねけ、少し《ちっと》話があるすけ」

と先に茶の間に来ていた武敏が、二人に声を掛けながら立ち上がって、のぶえの代わりに父親の両手を取った。肩が空いたのぶえが茶の間の隅に置いてある座椅子を引きずって、座卓の前まで持って来ると、そこへ順造がよっこらしょと腰を下ろした。

「話は他でもねえんだろもの、いろいろ考《かんげ》えて、裁判の仲間に入れて貰うことにしたんだろも、それでじいちゃんやばあちゃんも一緒にどうでえ？　菊田先生の所《とこ》で診察して貰てさ。先生が言うには、おれがこんげだということは、おれよりもずっと前《めえ》から川魚を食うてきたお前がたの方が心配だと言うてたで。先生はじいちゃんのこど、大変《ばあか》よう知ってたがの、会いてえとも言うてたで」

武敏は言ってみるまでもなく、親たちはそんな気は微塵もないだろうとは、薄々は承知していた。だから少しでも心を動かして貰えたらと、菊田先生の名前まで出してみたのだ

が甘かった。

親たちの頑固とも取れる意志の強さにはかなわなかった。自分のようにどうしようか、迷いに迷った後で決めたというのではなく、父親の場合は長い年月、ぼやきすら口にしないのだから、決心は不動なのだ。

沈黙を破ったのは、のぶえのため息とも大息とも取れる吐く息だった。順造の武敏に向ける言葉数が少ないのに、業を煮やした訳ではない。順造の口が重いのは、今に始まったことではないし、それに武敏が苛ついているわけでもない。ただ、つい、意図することなく出てしまっただけなのだ。

「その気があれば、あの頃、竹内さんがなんべんも来てくれられたんだし、恩義に思うほどおれの体を心配してくれた。それでも最後は断ったんだ。一次の裁判が終わった後で、どれぐれえ経ってたか、前に竹内さんの手伝いをしてた米川さんの倅がまた次の裁判の仲間に入《へえ》らんかと、誘いに来てくれた。おれらのこど忘れねでいてくって、ありがてかったろも断ったんだ」

めずらしく長々と順造は言った。それでも断ったのだから、今更、ということなのだ。

「なんでそんげに断り続けたんで？」

「今だってや同じだろうが、あん頃もひでえかったんだ。寄り合いなんかで人が集まってると、もろに妬み根性丸出しにして、そこに本人がいるてがんに、わざと聞こえるように言うんだがな。言われてる本人はいたたまらんかったろう。そばにいて冷や冷やしてたもんだ。みっともねえといえばいいか、人間が変わったみてに、あけすけに言うんだ。金は魔物だと人が言うてたろも、本当《ほんね》にその通りだと思たもんだ。思いがけねえ金だというても、手前の体を痛めらった賠償だということを知ってて、それでも盗人みてに言うんだすけ。だすけ、おらは人に体が思うようでねえなったなんて、一言も言わんかった。ばばにも言うなて釘を刺したんだ」

「ああ、妬みは恐《おっかね》いすけの。噂《ざんぞ》する仲間にも入りとねえし、言われともねえと思たもんだ」

そして続けて言った。

「人が誰《だっ》かの噂をしてるがんを傍で聞いてても、いつ、おらたちのこどを言われっかとびくびくしてた。水俣病は喉に引っ掛かった魚の小骨みてに、いらっ、いらっと、神経に来っがんだ」

順造とのぶえはそんなふうに言って、この問題と一線を画す意志を伝えた。

「そうけ、それだがこれから先も長々と痛え体をこすりながら暮らすんけ？・」

「なにやれ、もう僅かだわや。お前《め》はおらたちと違うて、これからの人間なんだし、子も育てて行かんばなんねんだが、思う通りにすればいい」

順造がそう言い終わると、またものぶえが大息を吐いた。そして、言った。

「いつになったら、こんげなことが終わりになっかんだやら。川が濁って魚が腹出しながら、沢山《こったま》流れてきた時の騒ぎが嘘みてに、今はそんげなことはねがったみてに、川の水は青々と澄んで流れてるがな。娑婆も川みてにならんかのう」

「ほんにさ、だがばあちゃん、川は忘れてねとおらは思うで、川だってや痛めつけらって被害者だったんだすけの。被害者と言うていいんだやら分からんろもさ」

老母の言葉に、武敏は深くも考えずにそんなふうに言って、自らの言葉に、そうだ、川もせつねかったろう、川に棲んでた魚や貝や藻のはてまで窒息させてしもたんだが。川だってや、あっぷあっぷしてたんだ、と心の中で感じ入っていた。

武敏が仕事を辞め、原告の仲間に入ると確かめた晴美の行動は早かった。最初は何の仕事か分からなかった時、美保子は母ちゃんてすっげえ、と内心で感嘆していたが、よく聞いてみて、その思いは消え、驚きと戸惑いに振り回された。

あからさまに不平を言っていいのか、言ってはいけないのかそれすら分からなくて、苛々だけを募らせた。

明後日の月曜の昼までに、仕事先の旅館へ行くことになったと、昼過ぎに向かいの母ちゃんから電話があった、晴美はそう夕食の時みんなに告げたのだ。

隆の連れ合いが働きに行っている旅館の世話で、晴美はその近くの同じような旅館で働くことになったのだ。勿論、電話を受けるとすぐに年寄りや武敏には伝えてあったから、初めて聞くのは美保子と眞由美だけであった。そこまでは気の回らなかった美保子は、母の話すことに大きな反応を示さなかった祖母に、ちらと視線を向けると、今しも食べ終えて、立ち上がろうとしている眞由美に、祖母の目が向いていて、言葉はなく、その目は、この子は何とも思てねえんだな、との含みを込めて注がれている、と解した。

ばあちゃん、言えばいいのに。でも、言わない、きっと。じゃあ、私が言う。

「眞《まあ》、母ちゃんがいま言うたこと分かったん？」

突然、自分に向けられた姉美保子の問いに、眞由美はけろっとして答えた。

「うん、母ちゃんが働きに行くって」

「いつから？」

「明後日。違うん？」

「美保子、お前の負けだあ」

祖母がからからと笑った。母も祖父も苦笑していた。

「それがどうしたって、なして、聞くん？」

「美保はな、母ちゃんがいのうなっと、お前が淋しがるかと心配して聞いたんだがな」

父の言葉を聞いて、父がわざとピントをはずしてその場の雰囲気を壊さない分別をした、と美保子は取った。

「まるで、父ちゃんが水俣病になった途端に、水俣病が家中を掻き回してるみてえ」

眞由美のすぱっと言い切った言葉に、みんなは返す言葉もなく、互いに顔を見合わせることも忘れて、さっさと祖母たちの部屋へ行ってしまった眞由美の後ろ姿を追っていた。

「淋しがるなんて、気を回す必要もねえぐれえおったまげた」

一瞬の間を置いて、父が言った。

「ほんにさ、いっつもテレビのマンガばっかし見て、げらげら笑《わろ》てる子みてでねがった」

祖母も感心してると同時に、核心を突いた眞由美の言葉に、自分も含めた大人たちが咄嗟に反応できなかったことの方に、重きを置いているようだった。

大人たちに泡を吹かせてやろうなんて、微塵も思っていない眞由美は、みんなの息を止めさせたことも知らなかった。

「それでも、美保、眞《まあ》のこどは頼んだよ、泣かせんなね」

母の言葉に、美保子は一瞬ふくれっ面を見せたが、大人たちが自分たち子どもを心配しているのだと気付いて思い直し、夕食前に母から聞いた、向かいの家の事情に触れて呟くように言った。

「向かいのおばさんが、親戚の所へ手伝いに行ってるとばっかし思ってたら、おじさんが働けなくなったから、代わりに働きに行ったなんて、村の誰も知らないんだ」

それに続く家族の言葉はなかった。だが、そう聞きながら武敏は頻繁に行き来して、親戚同様のつきあいだと互いに認め合ってきた間柄でも、隆は自分の体の異変は話さなかったし、母ちゃんを働きに出してたことも正直に言わなかったことに、受けた衝撃は消えていなかった。信用されていなかったわけだ。体よく調子を合わせていただけなのか。何十年と積み重ねてきた歳月が、チャラにされてしまったのか。もう今までとは違うんだと取らざるを得ないのか。

しばらくの間、思い切り悪くあれこれと逡巡したものの、いや、と思い直した。やつはそんげな男ではねえ。腹ふくるる思いでいたはずだ。そう取ってやらんば友達でねえこて。世間の冷たい視線を思えば、内向きになるのも無理はなかったんだと、思い直した。

かつて彼の両親が、新潟水俣病の検査を受けに行った時、親しくしていた人に話したのがきっかけで、思いも掛けない嫌がらせを受けた。それはこの辺りでは評判になった話題だったことを、武敏は思い出したのだ。

その前から、検査を受けに行っただけで、何らかの噂になるらしいとは聞いていたが、身近な者が噂話の張本人になったのは、隆の親たちが初めてだった。

どこで聞いてきたのか、普段親しくしていた者から、お前、行ったって本当《ほんき》なんけと聞かれて、隆の親は、ああ、行ってきたと正直に答えた。何の疑いも持たず、根掘り葉掘り聞かれたわけではなかったが、行ったことは事実なのだし、それに二度ほど行ったというだけで、検査はまだ終わってはいなかったし、勿論、結果が出たわけでもないのだからと、軽く考えていたのだ。

だが、現実はきびしかった。長年、心おきなく付き合ってきた者に、まんまと裏切られ、寝返られた、という思いは、世間から身を隠したいと思うほど神経に堪えた。縁起でもねえ検査も中断してしまおうかとまで考えたが、一緒に大学病院へ通い続けた仲間に励まされ、何とか終えた。その後、仲間たちと裁判を起こす原告になったが、夫婦の件は棄却された。

一次で認められなかった患者たちと、今度こそ勝ち取ってやると、再び提訴することになったが、二人は第一陣、息子の隆は第三陣に加わり、企業の昭和電工と国を相手取っての戦いに入っていたのだ。

よもや裁判なんてとんでもねえこどに首を突っ込んでたとは！　聞けば聞くほど、武敏は驚きの連続であったが、そんなあれこれを掻い潜ってきたんだば、おれにでも用心して箝口令を敷いてたんだこてと、理解を示した。

「あのおじさん、家へ来ても父ちゃんとどうってことない話ばっかしてたけど、根性あるんだね、びっくりした。二次の裁判で三人も原告になってたなんて」

「だあすけ、人は見かけによらんて言うんだがな。誰《だっ》でもここに固《かっ》え石ころみてなんを持ってんだ、大《でっ》いかったり小せかったりはするろもな」

祖母の言葉は、美保子に向けられたものであったろうが、深く頷いたのは晴美であった。

しばらく言葉が切れて、父と母がお茶をすする音が、いやに大きく聞こえたり、奥の祖父母たちの部屋から漏れてくるテレビの音に、美保子は気を向けたりはしても、何か心が重く、それが父の決心を聞いたためか、母が働きに行くことになって、休みにならなければ帰ってこないと知ったためか、一緒に聞いていた眞由美は、そんなこと自分には関係のないことみたいに、さっさとテレビの前へ行ってしまったことが心外だったためか、自分でも分からなかった。

祖母が言うような固い石ころが自分の心にもあるのだろうか。そんな深刻なものではなく、自分がこのところ抱えているもやもやを、吐き出せる相手は眞由美しかいないと思うのだが、妹の方が自分より上手くけりを付けてしまっているようで、年上のくせに思い切りの悪さを引きずっているのかと拘っていた。

母ちゃんは私に眞《まあ》を泣かせるなと言うたけど、ピントが外れてる、泣きたいのは私なんだから。

「いやいや、あれのお陰で、おら家にしては学のありそげな話になったの」

武敏はそんなふうに冗談ぽく言ってから、晴美の隣りに座っていた美保子に向かって、言った。

「父ちゃんは裁判の仲間に入ったこどが、人に知れてもビビったりはしねすけ、お前も誰《だっ》かに聞かっても正直に言うていいすけな、何も小《ちっ》さく《そう》なってることはねえんだすけな」

そう念を押した武敏の言葉に続けて、母の晴美は、

「そんでも聞かれもしねてがんに、喋って歩くなや」

と釘を刺した。

「母ちゃんがいねなったら、おらたちはどうすればいいん？」

美保子はずっと気になっていたことを口にした。

「母ちゃんがいねなったら、洗濯だの食事《まんま》の支度だの、どうするん？」

美保子のその言葉に、のぶえは心の中にくすぶらせていた不満を重ねていた。のぶえと順造が、晴美から報告を受けたのは、子どもたちよりほんの僅か前であった。決めてきたという晴美の言葉に、のぶえは、おや、そうだけと言ったものの、内心では、なぜ決める前に一言相談してくれなかったのか、こんな話があるんだろも、ばあちゃんたちどうだろうねえぐれえは言うて貰いてかった。決めたすけ頼むわねでは、余りにも軽くあしらわれたようでしっくりこなかった。相談されて反対するわけはない。それならどっちでも同じだろうといえば、その通りかも知れないが、そういうものではないだろう。母ちゃんは一手間省いた、おらたちは省かった。なにも家を空けて住み込みになんて行ってみたところ

で、大した金になるわけでもないだろう。下働きだというんだから。いっそ、土方にでも出た方が金になるろうが、おらならそうする。

あれこれ言えば、爺はよけいなこど言うなて機嫌が悪うなっしと、腹ふくるる思いをなだめたのだった。だから、武敏が美保子に言って聞かせている言葉が、自分には皮肉に聞こえた。

「いいか、美保、これからはお前が母ちゃんの代わりだ。洗濯もご飯《まんま》の支度もな、眞にもテレビばっか見てねで、美保を手伝えて、言わんば」

と武敏がさっきとは打って変わった口調で言った。

本当《ほんね》に、眞が言うた通りだ。のぶえは食卓から立ち上がりながら内心で呟いていた。

どんな顔をしていたのだろう。母が仕事に出かける朝、美保子は母に注意された。確かに口数が少なくなっているのは、自分でも自覚していたが、機嫌が悪かったわけではなくて、これから一週間会えなくなる母に、何て言えばいいのか、素直に淋しくなるとは絶対に言ってはならないのは分かっていたし、実際口に出してそれを言うのは、何となく面映ゆいところもあったのだ。それがもろに態度に出ていたのだろう。母ちゃんが一週間も帰って来ね、ああ、買い物なんかどうすんだろ。自分の弁当のおかずも考えねばなんねし、眞《まあ》は給食があっていいなあ。

そんなふうにさらりと口に出せば、また母ちゃんに何か言われる。毎日毎日、しなければならないことが多すぎると不満だけがふくらみ、朝っぱらから泣きたくなってきた。朝、起きた時はこんな気持ちは持っていなかったのに、もう一言、何か言われたら爆発してしまいそうだった。

そんな美保子の気持ちを察していなかった母の晴美は、

「そんげにぶすっとしてっと、父ちゃんが気にするねっか。おらもお前から、心配しねでもいいよ、家のこどは任せれねて言うて貰いてし、な?」

と続けたのだった。

当てにされてる、母ちゃんは私がいるから働きに行けると考えてるんだろうか。そんなに期待されても、腹の立つ時だってあるし、むしゃくしゃして怒鳴りたくなる時だってある。

朝食の間中、美保子はそんな思いを内心で繰り返していたが、いつの間にか心が軽くなっているのに気が付いた。

一週間は長かった。今日は母ちゃんが帰ってくると思うだけで心が弾んだ。それは美保子だけでなく、眞由美は勿論だが、父も祖父母たちも同じだろうと、家族の一人一人の気持ちを慮るゆとりが生まれていたことに、美保子自身は気付いていなかった。ただただ、早く夕方になればいい、何時に帰ってくるんだろうの思いだけで一日を過ごした。

晴美はその夜、十一時近くに帰った。祖父と眞由美は既に眠っていたが、ほかの者はみんな起きて待っていた。

母の運転する軽自動車が小路を入ってくる音がすると、美保子は迎えに出て行った。母は手提げ一つを持って車から降りた。まるでついさっき出かけて帰ってきたような、一週間の空白なんて感じさせない様子だった。

美保子はそんな母の様子を見て、自分だけが大げさに考えて、一週間ぶりで会うんだから、何て言えばいいのか、感極まっていて、声を出す前に涙がこぼれそうで、思わず家の中へ駆け込みたい衝動に駆られた。でも、そんなことは出来ない。ぐっと口に溜まっていた唾を飲み込んで、

「お帰り、待ってたよっ！」

と少しはしゃぎ気味の声で言った。

母がいなくなると、畑には父が出るようになった。祖母が、

「ようしたもんだ、心配することはねえな」

と機嫌良く言った。自分が鎌や鍬が使えなくなって、この先、ずっとこのサイクルで家の中が回るとなると、畑に出る者がいなくなる。祖母としては密かに案じていたらしかった。

だが、祖母の心配を払拭するように、父が進んで畑に出るようになった。

畑に作物が植えられなくて、ネギや大根の果てまで買って食べるようになるのかと、そんげになっては母ちゃんが幾ら稼いでも、金に羽が生えて飛んでってしまう。第一、畑を荒らしておいては見場《みば》も悪い。そうならんで、ほんね良《い》がったやあ、と祖母は美保子に口元をほころばせて言うのだった。

長い留守

「変人？　おれが？」

男は問うように、呟くように首を傾げて言った。

「何遍も自分に問いかけてました、一人になるとね。問いかけてたなんて格好つけて言いましたろも、正直に言えば心の中で吼えてましたんね。人にぶっつけらんね分自分に吼えてましたんだ」

秋子がよく知っていると思い込んでいた男であることに表面は変わりはない。ただ、自分の夫として共に暮らしていた時には、一度として聞いたことがない口調、見たこともない態度ではあったが。

それならなぜそうと言わんかったんだて！　秋子は視線をあらぬ方へ向けながら呟いた。親しく付き合っている浦辺寿美の勧めで、秋子は渋々ここまで来て、それを認める羽目になったことに、釈然としないものを感じていた。ずっと抱え込んで今日まできた、この意固地なまでの固まりの因《もと》を、昌平はこの群衆の前でさらけ出しているのだ。なぜ真っ先に自分に話してくれなかったのか。どこの誰とも知れない群衆に向かって、自らの不具合を縷々語るくらいなら、なぜあの頃自分に漏らしてくれなかったのか！　何遍でも言いたい、私だって吼えたい！　秋子はいまだに昌平に対する憎しみ、侮蔑を忘れていない自分を知った。

「……さっきから何遍も言いますろも、散々っぱら言われましたね。どうみてもお前《め》こそあの病気だ。親の腹ん中にいっときから川魚でつけらった栄養で、この世に出て来たんだが、堂々と有機水銀にやらったんだと言えばいいねっけ。何こだわってんでえ。どう見たところ《ぐちら》で水俣病でねえで、その手の震《ふれ》えは何だというんでえ。その分だば頭も痛《やめ》っかんでねえんけ、図星だろ。おらとおんなじだねっけ。一緒に申請しょうてば。そんげに意地張ってっすけ、人に変人こきだなんて言われんだてば。なにせ子どもん頃からの仲間だすけ遠慮がねえもんだが、どっかの人《しょ》が言うてんでねで、手前らが言うてんですがね。初めん頃は腹が立ってね、追い返してましたろも、連中が帰《け》ってしもうと、一人で吼えてましたわ、腹ん中でね。おれがあんまし素直でねえもんで、しかも親身になって声を掛けてくれ《くっ》た《た》仲間が、業を煮やして腹ん中であきれ返ってるがんが、見え見えでしたわ。そんでも、うん、言わんもんだすけ、とうとう周りから一人去り二人去りして、本当《ほんね》におれの周りはすっかすかになってしもてね。いや、笑いなさるろも、意地張った手前空元気出して、なあに手前《てめ》の体にくっついてしもた、頭痛《あたまやめ》や手のしびれ、足の突っ張りなんかを、これがおれの身内だ、しかもにぎやかだろがなんて意地張ってた時もありました。空元気の意地張ってましたね、長かったたね、この時期がね。

誰《だっれ》も相手にしてくんねなっても、それでも道で会えば、子どもん頃からの仲間なんだすけ、気安く挨拶はしてくれても、どうだ、体の具合は、なんて聞いてはくんねなって、変人こきにはなに言うても駄目だと、見放さってましたね。おれとしてみれば何度も言いまするも、変人こいてたわけではねがったんですろもね。こんげなこと言うてっすけ、変人こきなんですこてね。

ここまでは何年も前《めえ》のおれなんですわ。さすがにこの年になってみっと、気も緩んだげで、それとも少し機嫌《ちっとばか》が良がった時だったんか、また、勧めに来てくれた昔《くった》の仲間に懇々とほださって、考げ直して第四次の仲間に入れて貰《もろ》いました。

今、こうやって語り部なんて役目を貰て、身から出たさびというか恥もひっくるめて、あれこれ喋ってます。それでも作り事はたったの一つもありません。それは他の患者さんもおんなじです。やっぱ人の親切は有り難えです。変人こきはやめたというか、おれ自身は昔っから変わってはいねと思うんですろも、少しは変人こきでしたろかね。お前こそ正真正銘の水俣病患者だなんて言われっと、カッとなって、お前らに言われとねえ、と追い返してましたすけね。

思えば長え間頑固を通しましたこてね。もう少し早うそうなってれば、はじけ者《もん》にならんで済んでたんだろも、どうしょうばこれがおれという人間なんですわ。それでも見捨てねで拾うてくれましたがね、仲間は有り難えです。今は感謝してます」


この日、新潟水俣病患者・被害者と支援者が集う会があって、そこで昌平が語り部として話をすると、寿美さんが教えてくれたその会場がどこにあるのか、秋子は知らなかった。駅前のバスターミナルから市内バスに乗って、萬代橋を渡ってすぐのバス停が礎町だからそこで降りて、道行く人に聞けばいいがね、実は私も説明できるほどあの辺りが詳しくないから、と背を押されて出てきたのだった。

言われた通り、人に聞きながら漸く辿り着くと、その建物は大通りから何本か奥に入った道に面していて、意外にも堂々とした大きな建物だった。

急ぎたいわけでもないのに、大幅に遅れて到着したことが引っ掛かっていたのか、ちょうど開いたエレベーターに飛び乗った。

今日ここで、そんな会があることをどうやって知ったのかと、寿美さんに聞くと、新聞に出てたからね、とことも無げに言った。

「いくら何でも二十年も引き延ばしてたってのはひどすぎるよ。旦那の方だって湯気立ててるかもよ。案外あっさりとあんたの思う通りにしてくれるかもね。兎に角、あんたが先に事を起こしたんだから、あんたからけじめを付けんばね。勇気を出して会ってきなさいて、案ずるより産むが易しって、昔っから言うねっかね」

寿美さんはここを教えてくれた時、そう言って秋子を励ました。言われるまでもなく二十年は長すぎた。それは分かっている。でも、直接会うなんて一体どんな顔をすればいいんだろ。この一点がガンなのだ。

秋子がぐずぐずと決めかねているのを歯痒く感じたのか、寿美さんは、

「口ほどじゃないんだね」

と言った。口調にはっきりと、なあんだというようなニュアンスが含まれていた。秋子は何も感じていない振りをして聞いてみた。

「何が？」

「これがチャンスと、勇んでとはいかないにしても、決める気があるんだと思ってた」

「決めるために会うってのがねえ。実家の姉夫婦にも相談してないし……」

「さっきも言ったでしょ、あんたが起こしたことなんだよ、子どもじゃあるまいし」

呆れますよね。私でさえそう思うんだから。秋子は言葉には出来ず、心の中で寿美さんに言っていた。

「子どもといえば、娘さんの目にはどう映ってるだろうね」

それを言われると、立ち上がらざるを得なかった。この人に励まされたり脅されたり、か。ほんと私は思ってた以上に気が弱いのがわかった。秋子は内心で自嘲していた。

寿美さんは、秋子が働いている漬け物工場の社長の姉で、数年前に未亡人になって暇だからと、小遣い稼ぎに実家の工場へ働きに来ていた。

秋子が何か訳があって婚家を出たが籍はそのままで、かれこれ二十年にもなろうとしていることは既に知っていた。

その工場主は元は農家で、秋子が世話になり始めの頃は、自分の畑で採れた大根や白菜で副業的に漬け物を作っていたが、代が替わって今の社長になると、畑作は漬け物の材料だけにしぼって、本格的な漬け物工場となった。砂丘地で畑作農家の多いこの辺りで、農閑期の主婦の働き口として喜ばれていたが、年間を通して働けると、嫁と姑二人で稼ぎに来ている家もあった。

秋子が、社長一家の遠縁の者ということは、この集落で知らない者はなかったが、婚家とも実家とも全く逆の方向で暮らし始めた秋子は、根に昌平に居場所を知られたくないという思いを持っていたから、実家の義兄の世話でここへ来られたことにほっとしていた。秋子も今ではすっかり最古参で、そんなところも秋子より年長の寿美さんには話しやすい相手でもあったのか、いつの間にか親しく内密な話もするようになっていた。

秋子は帽子をかぶり、マスクで顔の大半を隠していた。今は必要に迫られて掛けている遠近両用の眼鏡は、少し青色がかっている。あの頃は眼鏡なんてサングラスさえ掛けたことがなかったから、これで少しは昌平の目にはつきにくいだろうと思ったが、別に見つかったから具合が悪いわけではないのだが、ここまで彼の話を聞きに来たように取られては癪だという思いがあったからだ。それならば彼が会場から出てくるのを、室外で待っていればいいのだが、そこまでは気が回らなかった。

秋子は、受付の女性が開けてくれたドアから体を折ったまま入ると、素早く近くの席に腰を下ろした。会場は階段式になっていて、そこは後ろから二列か三列目ぐらいのところで、秋子がそろりと顔を上げて前方を窺うと、ずっと下の方に紛れもなく彼女の夫昌平が、前の席に並んでいる誰かに視線を向けて話していた。たった今、誰かが後ろの入り口から入ってきたのには気が付かないように思われた。秋子はほっとしたが帽子は取らなかった。四角張ったごつい顔。あの頃も髪は短く刈り上げていたが今も同じだ。ただ、見たところ大分白髪が増えているようだ。顔と同じく体もがっちりと厚みのある体軀は変わっていなかった。姑に言わせると、秋子が嫁ぐ数年前に亡くなっている、彼の父親そっくりの体つきということだった。

しかし今、目の前で語り部として喋っている彼の口調は、秋子のなじみのないものであった。自分の長い不在の間に、彼が培ったものなのだろうと解釈した。

途中から聞く話だから、最初はうっかり彼が誰かのことを話しているのかと思った。でも、寿美さんは昌平が語り部として話すんだから、彼は水俣病の患者か被害者なのではと言ったのを思い出した。

まさか、あの人がそんな病気だなんて。ならば彼の母親も長兄も当然なっているはずだ。ようやく患者だから語り部として、こんな所へ出て話しているのだろうとは頭では分かっても、すんなりとそうだったのかと認めるには抵抗があった。

あの頃、体のあちこちにがたがきてとは姑の口癖で、年寄りなんだから当たり前だと聞き流していたが、おれもその気があるなんて、昌平は一度として言ったことはなかった。

阿賀野川の河口に近い集落に暮らしていたから、人々が話す、また、裁判を起こすげだ、誰が裁判の仲間に入ったとか、入らなかったそうだとかの話は時々耳に入ってはいたが、それは余所の話で自分たちには関係がないと、気にも留めていなかった。

確かに秋子が嫁いだ頃には、川魚は食べなくなっていたし、何の疑問も持たなかった。だが、昌平の子どもの頃を思えば、もしかしたらと振り返って考える必要はあったのだ。

寿美さんの言う通りだった。それは認めるが、今日ここへ来た目的はそれではなく、きちんとけじめを付けるためなんだと、秋子は内心で再確認していた。


「……よう思うことは、朝、目が覚めたら、体が若え頃みてに元に戻ってて、指先の震《ふ》え《れ》も、足の突っ張りも頭痛《あたまやめ》もきれいさっぱり消えてたら、どんげにうれしかろ。そんげなことは二度とおれの身に起こることはあろうばとは、分かってはいますろもね。時々ため息混じりに思うんであります。この病気になった者で治ったとかそんでも頭痛が少し治まったなんて話はたったの一度だてや聞きませんすけね。こんげな気持ちを昭電の社長や国の役人たちに知って貰いとうありますね。いや、勿論知ってはいるが認めねえんですね。人が痛《や》《め》てもお偉いさんたちは痛くありませんすけね。新聞なんかには、政府は国策の企業をかばいすぎみてに書《け》えてありますろも、新潟の水俣病は発表されてから、もうじっき五十年になるんです。五十年といえば半世紀、人の一生の大半でありましょう。大変な年月、重てえ歴史が詰まった貴重な年月だと思てます。役人や国政を預かる政治家はそこらをどう考えてますんだやら。おれから見ると国も役人も企業も、ちらとしかおらたちのこと考えてはくれてねえみてです。怠慢の極みですこてね。いっ《いっ》く《と》ら《う》言うてもこれでいいという気にはならんねです。ああ、おれの持ち時間が来てしまいました。これで終わります。聞いて貰《もろ》てありがとごぜえました」

盛大とは言えない拍手があった。秋子は自分の足下に目を落としたまま、それを聞いていた。

寿美さん、あんたの言う通りだったわ。秋子は内心で、自分の背を押し続けた彼女に向かって言った。帰ったら電話でいいから連絡してねと言われていた彼女への言葉を、今、自分の中で反芻していた。

十五分の休憩を取って、次の語り部さんのお話を聞きます、との司会者らしい男性の言葉で場内の緊張が解けたのか、席を立って出て行く人もいたり、二人三人と固まって雑談している人たちもいた。徐々に人々の話し声が高まり、あちこちの席を行き交う人たちもいた。そんな中で秋子は身動きすら出来なかった。

昌平は、再三仲間に促されて、ようやく重い腰を上げて原告に加わったと話していた。仲間って、誰だろう。若い頃からの仲間と言っていた。長い空白を経ても、あの頃、昌平が付き合っていた誰彼の顔は覚えている。同じ集落の付き合いのあった男たちの顔を、秋子は脳裏に浮かべた。今ここへ来ているだろうか、自分が忘れていないように、その人たちも私のことは覚えているだろう。出来れば昌平以外の誰とも会いたくなかった。休憩時間が終わるまでこの場でじっとしているしかない。早く十五分が過ぎて、次の語り部さんの話が始まるのが待たれた。

秋子はちらっと視線を上げて、昌平がまだそこにいるか確かめると、いつの間に出たのかいなかった。休憩時間が過ぎれば来るのか、それとも自分の役目は終わったから帰ったのか。にわかに焦りを感じた。ここでじっと待っていていいのか。胸がどきどきしてきた。会うために来たのに、会わずじまいになっては、折角気を配ってくれた寿美さんに申し訳がない。何よりも、やっと重い腰を上げたのに、元の木阿弥になってしまう。秋子はここへ入ってきた時とは反対に、すっくと立ち上がって室外へ出た。脈拍が息苦しいほど早まっていた。

年甲斐もなく慌てて、落ち着いて！ と自らを制してそっと息を吐きながら、ちょうど息抜きに出てきたように振る舞って、ゆっくりと周りを見回した。

やっぱりいない。失敗したかなと思いながら、エレベーターではなく、その脇の階段へ向かった。すぐ追わなければ逃げられると考える一方で、会った瞬間、どんな顔をすればいいか、ここへ来るときめた時から、ずっと考えていながら、見つけられないでいた言葉が難問となって、秋子を怯ませていた。


途中から潜るようにして入ってきた女《おなご》が、秋子だと気付いた昌平は、やっと来たか、と内心で呟いた。この語り部というボランティアを始めた日から、ずっとこの日を待っていたのだ。来たなと認めた瞬間、平静だったわけではない。ずっと待ち続けていたにも拘わらず、その時は忘れていた。だから不意に現れた秋子がかがんで、隠れるようにして近くの椅子に腰を下ろした姿を視野の隅で確認しながら、なめらかに喋り続けていた言葉が途切れそうになって慌てた。しかし、そんな内面の動揺は表には出なかったらしく、誰も気付いた者がいないようで安堵した。だが、矢張り騒いだ心は長く鎮まらなかった。

今日はこれで終わりにすっか。いやいま止めれば大幅に端折ったことになる少し《ちっと》拙い《まあぜ》か。仲間たちもいることだしなどと、努めて平静を装い、そんな事を思いながら話を続けていた。

昌平は我ながら、心の揺れなど微塵も出さず、途中から入ってきた女の存在など気付きもしないような振りをして、よどみなく、これまで何回も繰り返し語ってきた、自らの病変や周りの人たちがみせた気配りなどに、抗っていた様子などを話し続けている自分に呆れていた。

彼の場合、この病気に対する理解を求めて語るという姿勢は一応取ってはいたが、本心は秋子を目の前に引きずり出す、ただ、その一点に絞っていたのだ。

人々から受けた露骨な言葉の大半は、秋子の失踪を昌平の浮気のせいだと、面白おかしく言い立てたものだったが、それはこういう席では出さなかった。だから正直にぶちまけている振りはしていたものの、話していることはごく一部であった。誰でもそうだと思うが、人間心底苦しいものは、辺り構わず出せるものではないはずだ。だから、仲間たちは昌平の抱えている重い荷は知っていても、それも語れと言う者はいなかった。

語り部というボランティアがあることは、原告の仲間に入ってから知った。定年になってしばらくぶらぶらしていたが、新潟水俣病の資料館から、見学者たちに病気の状態や日常生活で困っていること等々を、伝えて欲しいと打診された時はやんわりと断った。そんなやりとりがあったことを知った仲間の一人が、

「おれが推薦したてがんに、何で断るんでえ。お前《め》、弁が立つねっけ、手が足りねんだ、助《すけ》てくれっと助かるんだが」

と再三頼まれて、おれが弁が立つ？　なに言うてっやら、そんげな手には乗らんてばと、引き受けなかった。それでもお前の代わりが見つからないから頼むと再三声を掛けられて、ふと、こんげなことででも名前が出て、あれがどっかでめっけねともかぎらねなとの思いが湧いてきて、万に一つの賭けでも、やらんよりはましかとの思いに押されて、表面は渋々の体をしながらも承諾したのだった。

時たま、仲間内で飲むことがあると、誰彼となく、昌平にどんなに手こずったかを、冗談ぽく、しつこく、そして露骨に、いかに意地っ張りだったかを、代わる代わる縷々述べるのだった。

「あの頃、お前が話に出っ時はさ、あの変人こきで通ってたんでえ」

そんなふうにも言われたものだった。

「そんげなおれに、何で頼むんでえ。お前らの誰《だっ》かがやればいいがったんだがの」

と返せば、

「誰でもが出来るようで出来ねんだてば。第一《でぇいち》、人前で喋るなんて才能はねえんだ、おらたちは」

「けっ、才能？　そんげな立派な言葉を知ってて何で喋らんねこどがあろばの。ただ、しとうねだけだろがの」

「お前は嬶《かか》もいねし、そんげなことしてっと、いい女《おなご》に巡り会わんともかぎらんでえ」

「いつかのどっかの誰か以上のさ」

「それもあんのう」

散々言いたい放題を露骨に言い合っても、酔いが覚めれば全てご破算で、素面になっても揶揄し続ける男はいなかった。

かれこれ二十年前。夕食後の後始末を終えた秋子は、いつの間にか昌平がいなくなっているのに気付いた。

さっきまで風呂場で水を流す音がしていたのが、もういない。それでもと玄関へ行って履き物を確かめた。姿が見えないのだからあるわけがないのに、しかと見定めねばならない自分が情けなかった。

また、言われる。深いため息しか出なかった。

「昨夜《よんべ》も行ったがの。どんげに可愛《かわえ》がって貰《もろ》てんだか、脇目も振らずに自転車こいで行ったがの」

口さがない宗助どんのおばばが、昌平の母親にそう告げ口をしたそうだ。

「おらだってや、言わった、ほれ、と飛んで来て、お前に言うてんでねえすけの。散々ぱら、あれにも言うたわの。なに血迷うてんだ、秋子という嫿がいるてがんに、年上のこ汚ね商売おなごのどこがいいってかっ。そっこらじゅうの人《しょ》の笑え者《もん》になってんで。嫿の身にもなってみれと怒鳴ってやったろも、お前の耳にも入ってるろげ。亭主が笑え者になってっがんは、嫿にも責任があっかんでねえんけ」

姑の口からは、一言だってお前も辛かろうとか、昌平の一人娘の優子の耳に入らん小間《こま》に止めさせんばのうとか、親身になって考えてくれる言葉はなかった。

集落の誰彼が二人三人と顔を合わせると、まずこの話で持ちきりになるらしい。昌平さが脇目もふらずに、一心に自転車をこいで行ったがんを見たてば。宗助どんのばあちゃんが言うがんは本当《ほんき》だった。あのしかも頭が良がった男でも、腑抜けにさってしもうんだ、母ちゃんよう黙って出すわやなどなど、枚挙にいとまはなかった。

しばらく前から、夫の昌平が三日にあげず、隣町の一杯飲み屋へ通い詰めだそうだ、という噂は当然秋子の耳にも入っていた。

飲み屋へ？　まさか、あの人は酒好きではないし、そんなところへ使う金は持っていないはずだ。誰かと間違われてるんだろ、こんな埒もない噂が優子の耳に入らんばいいがと、小学校へ通い出したばかりの一人娘が、大人たちのあらぬ噂話を聞きかじった子どもたちから、虐められないかと、それの方が気になっていた。

しかし、噂がまったく根拠が無いどころか、女が絡んでいると聞けば、秋子の方から真偽を確かめる気にはなれなかった。むらむらと嫉妬心と裏切られたという落ち込みに振り回された。その一方で、

「ねえ、嘘だよね、人があんたが浮気してるって言うてるろも、違うよね、違うと言って」と少し甘えて言えたらどんなにいいだろうと、自分が素直でなく意地を張り通している強情な性格にうんざりもしていた。矜持が許さないのなら、それにおっ被さってくるリスク

がどんなに大きくても泣き言はみっともない。甘えたりしなだれたりしてまで真偽を掴まなくてもいいと、内心で揺れたり嘆いたりの連続も経験した。いつの間にか、まさかとの打ち消しは薄れ、噂に負けている自分に気づきもしなかった。

そうかも知れないと勘ぐれば、理由は芋づる式に出てきた。夜出かけない時は、仕事から戻る時間も遅かった。残業だったという。朝だってろくに顔を合わせもせずに、かっ込むように食事を済ませて、弁当をひっ摑んで仕事に行ってしまう。そんな昌平に、どうかすると優子が後を追って行って、外で二言三言何か喋っている。戻ってきた優子に、お父さんと何を話してたん？　と聞けば、ちょっとねえと、まるでいっぱしの女の子みたいな口を利いて、にこにこ一人笑いをしながら、秋子の前から消えてしまうのだった。

子どもにまで避けられている。秋子は心を萎えさせていながら、外見はそんなことは気にも留めていない振りをし続けた。

そして、思った。これが単なる噂なら、昌平の方から何とか言うはずだ。触れもしないということは逆に、なし崩しに認めれというこことか。それが家の中に波風を立てない手だと、昌平が考えていたとしても私は認めない。行き先も告げず、こそこそと隠れるようにして出かけて行くような男に用はない！　帰って来なくてもいい、優子と二人で暮らすから！　と片意地を張って、一度として寄り添うそぶりさえ見せなかった。だが、内心では、いつまでも続く噂話や姑の針を含んだ言葉が、秋子の耳をつんざくように、うわあーんと鳴り響くのを防ぐ手だてもなく、ふくらみっぱなしの嫉妬や憎しみに翻弄されていた。

もう限界だな。顔を合わせるのさえ避けられてるんだから、ばあちゃんは私にも責任があるって言うけど、冗談じゃない。私のどこが悪いって！　こっちだって寝耳に水だったんだから。

最初は優子を連れて出ようと考えていたが思い直した。あの子は父親が好きだ、私がいなくなれば当分の間は姑が面倒をみてくれるだろう。決まりが付いたら引き取ればいい。女の子なんだから女親の私が引き取って二人で暮らそう。しばらくは寂しい思いをさせるかも知れないが、親たちが角突き合わせて暮らしているよりいいはずだ。いつか二人での生活が落ち着いたら、私がなぜ家を出たかを話そう、きっと分かってくれる。

秋子は遂に昌平と向き合うこともせず、家を出る決心が固まるのを待つようになっていた。意固地であるのは承知している。でも、私から蒔いた種ではないと、自分の付けた理由を正当化させていた。

今から思えば、昌平に一度も確かめもせず、一気に決着を付ける！　とは大人げない行動だったとは思う。少なくとも実家を継いでいる姉にでも相談すれば、こんなに長く引っ張らなくても済んだかもしれない。姉夫婦に間に入って貰っていれば。でも、それは後で考えついたことで、当時は人に気持ちを打ち明けるのも嫌だった。煮え湯を飲まされたんだから、こっちも仕返しをするぐらいの心根はあったのだ。愚かにも幼い娘に与えてしまう傷を深くは考えなかった。ただひたすら昌平への憎しみ、侮蔑、怒りの固まりになっていた。それにこんなに長く後を引くとも考えなかった。

だが、なぜか昌平は、秋子の出奔を気にも留めていないかのように、秋子の実家へは音沙汰がなかった。何があったのか詳しい話もしたがらず、そのくせ闇雲に離婚を言い張る秋子に対して、昌平の音沙汰無しを不審に思った義兄は、秋子たちのかつての仲人を介して、昌平の意向を打診して貰うと、夫婦のことだから二人で解決する。秋子に一度連絡を入れるようにと、逆に言づけを預かってきた。何事も辻褄を合わせたがる義兄は、苦々しく思いながらも、絶対に別れると意地を張って動こうとしない秋子に、母親と連れ合いまでが荷担していては解決は難しいと考えて、ほとぼりが冷めるまでの間、彼の遠縁に当たる農家が、漬け物工場を副業にしている所で、気晴らしに使って貰うように計らってくれた。

「生まれ育った家でも一度出た者《もん》だ、いっつまでも世話になってらんねど。行げ」

との老父の言葉に押されて、小遣い稼ぎぐらいの軽い気持ちで引き受けた。また一方で、長く勤められるのなら、離婚が成立したら優子を引き取るのに都合がいいとも考えた。

そんな心づもりもあったことなどを、ずっと以前に寿美さんに話したことがあった。

「何もかも計算通りには行かなくて」

「はっきり言えば、あんたが意地張って旦那と差しで話そうとしなかったから。男の浮気なんて世間にはごろごろ転がってて、珍しくも何ともない単なる痴話げんかでしかないよ。灸を据えてやろうと家を飛び出す人もいるだろうけど、大概の人は子どもに惹かれて元に戻るろうがね」

「差しで話し合いなんて、それは寿美さんがそんな経験をしてないから言えるんだわ。腹の中が煮えくりかえってるってのに、そんな芸当はならんわね」

「それにしても二十年も引っ張ったあんたの強情もたいしたもんだわ」

皮肉には違いなかったが、その通りだったから腹は立たなかった。だが、子と離れての生活を選んでいるのだから、子どもからそれ相当の反応を受けることは、覚悟しておいたほうがいいよと言われた言葉も忘れていない。

決して優子より仕事を取ったわけではなかった。早く決着を付けてあの子を引き取りたいと願いながら、実家の姉夫婦が昔のように秋子の手足になって動いてくれなくなっていたのだ。何とかしたかったら、自分で動け、そのために仲人がいるんだと親たちにも引導を渡されて、仕方がないと思い直す勇気は出なかったのだ。それに一人の口を賄うには何とかなっても、子どもを育て教育していくだけの稼ぎはなかったのも、それを言えば口実だと言われるだろうが、思い切れない理由ではあった。

昌平は正面入り口の脇に立っていた。階段を下りて玄関前のホールに出た秋子は、彼を捜す間もなく、まともに視線が合ってしまった。もう覚悟するしかない。どう口火を切ればいいのか、それすら決めていなかったが。

「昼飯食いっぱぐれて腹がへってっすけ、話は食ってからだな」

昌平はそこで待っているのを、予め秋子と約束していたかのように、ごく気軽に言った。

そこに昌平の姿を認めた瞬間受けた不意打ちと、先ほどまで心に挠めていた葛藤などがごちゃ混ぜになって、秋子を慌てさせた。緊張のあまり交互に足を出す度によろけそうになるのを必死で抑えて、どうにか彼の近くまで行くと、そう言ったのだ。まるで長い空白など一切なかったような口調に、秋子は内心で驚きつつ、小さく頷いた。

「おれ、この店しか知らねんだ。ここでいいか、それともどっか知ってればそこでもいいしな」

「ここで……」

いいですと、言いかけて止まってしまった。ざっくばらんに喋っている昌平に倣った言い方をして、隔たっていた年月をないものにする気はないし、かといって他人行儀な改まった言い様も、なんとなく照れくさかったのだ。

小さな店の中は意外にも人が多く、カウンターの他に三席あるテーブルはみなふさがっていた。まだ夕方と言うには早すぎる時間だが、どういうわけかどの人の前にも銚子や盃、コップなどが餃子や他のお菜などとあった。

入り口に近いカウンターの空いている所へ、昌平はまず秋子を座らせた。

「すまんねえ、ちいっと詰めてくれっかね」

席が一人分しかないのに気付いたおかみさんが、愛想よく常連客らしい男たちにそう言って、昌平の座る場所を作ってくれた。

彼は席に着くと、カツ丼定食を頼み、秋子に何を食うと聞いた。人の目を気にしなければばならないのだろうが、そんなことに応える気はなく、秋子は無言で首を振った。

「餃子を一皿、この人に」

彼女に代わって昌平が注文した。そして小声で言った。

「折角、席を作って貰《もろ》たんだすけ、腹は空いてねかもしんねろも、一つぐれ食え、後はおれが食うすけ」

結局、込んでいる店で話は出来なかった。店内の棚の上に据えられてある小型のテレビはサッカーの試合を中継していた。ほとんどの客たちは馴染みのようで、男女入り交じって食べたり飲んだりしながら、試合の流れに一喜一憂しているらしく、声高に喋り合ったり嘆声ともため息ともつかぬ声を出したりしていた。

そんな彼らの陽気な会話が店内のあっちとこっちで交わされている中で、昌平は黙々と食べ続け、秋子用に注文した餃子も平らげた。

外へ出ると、雨が降っていた。風も出ていて海に近いせいか横殴りの強い風は、秋子が差した折りたたみコウモリを一瞬にして吹き飛ばすように嬲《なぶ》った。

風にコウモリが打擲されるにまかせて、秋子がその場でくるくると回っていると、彼女の頭の上から伸びた昌平の手がコウモリを摑んだ。

「この風にコウモリなんて役に立たね」

そう言って、昌平はすぼめたコウモリを脇の下にはさんだ。


広くはないが、自分以外の者が寝起きしていない家にいると、周りの家々の者たちと同じ時間の中に生きていながら、自分はよその家族とは違った、枠の外に置かれているような錯覚を覚えるのだった。昌平は一人の生活も慣れきってしまって、家事全般に不便もなかったが、ただ、家の中で自分が立てる音以外、ことりともしない静けさに、時には装っている平静のリズムが崩れそうになっているのに気付くのだった。

その昔、

「お母さんがいない」

と優子が、同じ集落に住む昌平の実家へ行って呟いたと、老母と兄が夜昌平の帰る時間を狙って駆け込んできた。

老母は昌平の顔を見るなり、

「優子が来て、お母さんがいねて泣《ね》えてたがな。昨日《きんの》からいねてんねっか。出てったんか。嬶に愛想を尽かさって、これで目が覚めたか」

と溜まっていた苦言を散々言ってから、母ちゃんが帰《け》ってくるまで優子を預かるからと、学用品や着替えなどを昌平にまとめさせた。以来、優子は何か入り用な物を取りに来て泊まって行くことはあっても、この家で生活することはなくなった。

老母から、嬶に愛想を尽かされた馬鹿男と言われても、昌平はそこらん人《しょ》が噂《ざんぞ》してることをおれがするわけはねえろげ。本当《ほん》のとこはの、おれはの……とは、親にでも言えなかった。秋子にすら言えなくて、その結果が今であっても、さらけ出す勇気はなかった。いずれ、あれが帰《け》ってきたら……、いや、それが今日明日だとしたら……、自信はねえなあ。いつか白状する。飯食うたかみてえにさらっと気軽に言えるには、何が邪魔してんだ？　手前の嬶に小っ恥ずかしいもねえろがと言われそうだが、事実その通りだったから、秋子はおれに確かめもせず、人の口を真に受けて出て行ってしもた。お前《め》の側へ行かんねなってしもた。たったこれだけの言葉が、昌平をがんじがらめにしたのだった。

そのうちにほとぼりも冷めて帰ってくるだろうと高をくくっていた。秋子が戻れば優子も帰ってくる。また、もとの自分たちに戻れると簡単に考えていた。まさかそのまま二十年近くも、てんでバラバラに暮らすことになるとは夢にも思わなかった。

たった一度、仲人だった男から、秋子がけりを付けたいと言っているから、と打診があったが蹴った。そんな引っ張りのある者にすら打ち明ける気はなく、用の足りない使いにしてしまった。

あの当時、自分の体に有機水銀なんて毒が溜まってて、おれの場合それが原因で四十前の体を腑抜けにさってしもたなんて、どうして思われようば。お前《め》だてや夢にも思わんかったろが。余所ん人みてに、手足がしびれるとか、頭痛《や》めにならんで、なんで男として使い物にならねようになったんか。余所ん人もその気《け》があるんか、聞いたことはねえなあ。人並みに足が突って痛くて夜中に目が覚めるようになったんは、その大分後《しかも》なんだ。情けねえ気持ちをはぐらかすためと、その間は秋子を忘れていられるのは、あそこしかねがったんだ。あの一杯《いっと》飲み屋の女将の所へ通う振りをしてたんだ。実際《じっせえ》は女将の亭主と将棋を指してたんだ。どっちも腕の方はあんましだったろも、どっちもどっちだすけ長持ちしたな。飽きもしねでようやったわや。

年増の女将にうつつを抜かしてる馬鹿男のふりをしてても、あの男は使い《つけ》もんにならねなったてやと、小馬鹿にさったり見下げらって、役立たずと触れ回られとねがった。人の口はおっかねえ。何よりも男失格だてやなんて噂になりとねがったんだ。それさえ言わんねば、何を言いふらさってても的はずれの噂話なんか気にもしねかった。

急ぐ必要もねえてがんに、夕飯を食って風呂に入《へ》って逃げるようにして自転車をこいでた。お前がいねなってからも二年余りも通ったな。その間に母親《ばば》が死んだ。それでも優子は帰って来んかった。あそこの兄嫁《かあちゃん》が手前の子みてに可愛がってくれて、あそこん家《ち》の末っ子が優子と同じ年で仲が良がったし、一人育てるがんも二人育てるがんも変わらねと言うてくれて、とうとう高校を出るまでいて、大学は東京へ行ったがな。今はあっちで働いてる。いい娘になったわや。そんだがおれは昔のまんま、死んだ親にとっては馬鹿男だ。馬鹿したな、とは思うが、そうでもしねばお前《め》から逃げらんねかった。一番《いっち》分がって貰わんばならんお前に、分かられとうねがったんだすけ、おれもどうかしてたんだ。正直にならんねかった罰だこてな。

いつの間にか述懐は、目の前に秋子を据えての呟きに変わっていた。一人きりの家の中で、夜中に目が覚めたりすると、必ずといっていいほどこの呟きを繰り返していたものだった。

どこまで歩くんだろう、この激しい雨風の中をこのまま萬代橋を渡る気だろっか。

ひゅうっと海から吹き付けてきた強風に、昌平が秋子の体に腕を回したのと、突然の強風に足下を取られそうになって、思わず体を反転して一歩彼から離れる格好になったのが同時だった。辛うじて転ぶのを防いだ秋子は、彼の腕がしっかりと自分の体を支えているのを意識した。どうもとも礼も言わず、何も気付かない振りをして昌平の陰になって歩き出しながら、秋子は両手で帽子を押さえ、彼ももう片方の手で自分の帽子が飛ばないように押さえているのを見た。強風の中二人が固まって歩いていれば、一人より安定感はある。いつの間にかどっちが合わせているのか足並みが揃っていた。

もしかしたら自分がここから逃げて行くのではと取った彼が、強風にかこつけて腕を伸ばして捕まえておこうとしたのかと勘ぐった。だが、実際、橋の上に出ると高い建物に遮られていた海からの風がもろにぶつかってきて、そんな勘ぐりもかなぐり捨てて、昌平の頑丈な体に寄り添っていても、思わず息が止まりそうなほどだった。

秋子は横殴りの強風にうんざりしつつ、頬を打つ大粒の雨に眼も開けていられないと内心で小言を言いながらも、隣りで風除けになってくれている昌平には、不思議と何ら恨みも腹立たしさもなかった。いつの間にか彼への反感がなくなっているのに気付いていた。たった一つ果たさなければならないそれがなければ、さっさと昌平の腕を振り切って駆けだしたいと勢い込んでいた、あの感情は消えていた。

「この荒れではどこへ行ってみようもねえわや。家へ行こで、その方が早え、な」

何が早いのか。彼の言葉は、再び秋子の中のそれを立ち上がらせた。

「私はけりを付けようと思って来たんだから、この場でうんと言うてくれればいいんだけど」

「分がった分がった。お前《め》の言うことは分がってる。それも家へ帰《け》ってからだ」

「今更帰らないから。優子だってどう思うか、周りの目だってあるし」

「周りの目なんて気にすんな。何か言わったら、あははちいっと長《なげ》かったろっかね、て言うてればいいんだ。いっぺん言われれば二度言う者はいね。そのうちに誰も言わんなる。人の口なんてそんげなもんだわや」

「兎に角行かない、私は。優子に会う心構えもしてないし」

「優子なあ。お前に沢山《いっぺ》言うて聞かせることがあっかんだ。兎に角二十年近く溜まってた話なんだすけ、立ち話で終わるわけがねえろうが」

「私、そんな話聞かなくていいから」

強風と雨の中、二人はそんな言い合いを怒鳴り合うように続けながら進んでいた。

突然、彼の片腕が秋子から離れた瞬間、一台のタクシーが横に止まった。昌平が止めたのだ。彼は開いたドアへ素早く秋子を押し込んだ。

手紙

携帯電話をぱちんと閉じて、千里は大きく息を吐いた。

たまげた、ばあちゃんが霞ヶ関へ来るなんて！　私だって霞ヶ関がどこにあるかも知らんてがんに！

思わず出た田舎言葉に、千里はぴくんと肩をあげ、さっと辺りを見回した。

誰も自分のことなんか見てもいないのにと、改めて自分の家の庭も同然のあの辺りと、郷里のなじみ深いそこここを思い浮かべ、次に、舞台に出ている主人公でもないんだし、田舎丸出しのださい女の子でしかないんだからと、人目を気にしすぎる自分を制していた。

霞ヶ関どころか東京駅にだって、修学旅行の時以来行ったことがないし、急にそこへ行けと言われても、どうやって行けばいいのか。千里は必死で父に食い下がった。東京の大学へ来ているといっても、千里の通うキャンパスはさいたま市にあるから、都内には疎いのだ。

「地下鉄で行くとな、そこが環境省なんだてや。何線だか聞いたろも、さっきまで覚えてたってに、お前《め》がごちゃごちゃ言うすけ忘れてしもたがな。駅員に聞け。いいな、必ず行けよ、頼んだぞ」

待ってよ、と言う間もなく電話は切れていた。父はおばあちゃんを駅まで送って行った帰りで、勤め先へ急いでいるのだと言っていた。

　千里は、突然の父の電話に喜んだのもつかの間、とんでもない押しつけだと弾んだ心は一瞬にしてしぼみ、むっとして、

「今日は、やっとめっけたアルバイトの日なんだよ。休めないって！　分かってよっ」

と口から出任せを言った。我ながらよくも思いついた口実に、内心ではこれで逃れられるとほっとしていると、

「駄目だ。ばあちゃんは仲間になった人に連れてって貰《もろ》たんだ。足の悪い《われ》ばあちゃんを親切につれてってくれたその人に、お前をやるすけと言うてしもたんだ。だから《だすけ》、何としても行け。アルバイトはまためっけれ、どうせすぐ盆で帰るろが」

と、いとも簡単に采配を振るった。

　アルバイトに行くというのは半分だけ本当で、午後は友達のアパートで、遅めの昼食を取りながら、情報交換という都合のいい理由を付けて、駄べる約束になっていたのだ。

　あっ、あれかな。高く大きなビルが立ち並んでいる一角に、生け垣に沿った歩道に人々が一列に並んで、横断幕みたいなものを広げている一団を見つけた。腰を下ろしている人

や、立って周りの人と話している人もいた。きっとあそこだ。千里はさっと目を走らせて祖母を捜した。

あれ、いない。ここじゃないのかな。でも、あの人たち……と思いながら、その横断幕の大きな字を読んだ。

「すべての水俣病患者を救済せよ！」とあって、その下には「ノーモア・ミナマタ訴訟原告団」となっていた。新潟県とは書いてないが、多分この一団に間違いはないのだろう。

ここが環境省か。でも、いないなあ、どうしたんだろ。そこに突っ立ったまま千里がどんな表情をしていたのか、彼女の父親よりずっと年上だと思われる男性が近寄ってきて、

「誰かを捜してるんですか」

と言葉を掛けてくれた。体格もよく日に焼けた顔も大作りで声も太かったが、語調は柔らかかった。だが、その人のアクセントは聞き慣れた新潟の訛りではないように思われたが、その柔らかさにつられて千里は思わず、ばあちゃんをと言いかけて、ここは新潟じゃない！

と慌てて言葉を飲み込んだ。

「祖母がいるはずなんですが……、新潟から出てきたんです」

と言い直した。

「ああ、新潟の人たちはあっちですよ。ここは熊本ね」

男性は、印象とは反対の軟らかい表情を向けていたが振り向いて、正門を挟んだ向こうの方に並んでいる人たちを指して言った。

祖母は正門からずっと離れたその列の端にいた。

千里が近づいて行くと、人々の視線が無言のまま向けられた。

「おやっ、たまげた！　千里だねっか、どうした？」

千里が声を掛ける前に、祖母が先に声を掛けた。声も表情も突然現れた千里の姿に驚いている様子がありありと現れていた。

「おやあ、木原さんのお孫さんだかね」

祖母の隣りに、同じように腰を下ろしている女性が、二人に笑顔を向けて言った。その隣りの人も次の人も、千里と祖母七重を交互に見比べながら、口元をほころばせていた。

「この四月っから、東京の大学へ来てますあんだ。それだがどうして《なして》こんげ所《とげ》へ来てんだや」

祖母は、その女性に言ってから、続けて千里に聞いた。

千里は祖母の隣りの女性に会釈して、もしかしてこの人が、祖母を連れて来てくれた須

永さんという人だろうかと思っていた。彼女は祖母の隣りにしゃがんで、

「びっくりしたよ、お父さんから電話があって、ばあちゃんが東京へ行ったっけ、付き添いに行けって。急なんだもん」

「おやあ、それは気の毒したなあ。少し《ちっと》休んだら学校へ行けばいいが。暑《あっちょ》くてなあ、東京は。なにせコンクリとアスファルトばっかしだんが、新潟も暑《あっちぇ》いろもの、在郷《ぜえご》の暑《あっちぇ》いがんとは雲泥の差だわや」

祖母は在郷言葉丸出しで、にこにこと千里に言った。

「学校はいいよ。お父さんが今日一日しっかりばあちゃんを助けろって」

「おやあ、おらの事はいいんだてば。この須永さんから良うして貰《もろ》てすっげに、心配ねえ」

二人のやりとりを聞いていたらしい、祖母の隣りにいる女性が、

「今朝、わたしもあんたのお父さんから駅まで乗せて貰《もろ》たんですがね。おばあちゃんが心配でならんみたいで、あんたのお父さん。それであんたに頼んだんだわね。でも、無事に着いて仲間と一緒に役目も果たせるし、ねえ、木原さん、大丈夫だよね、私もみんなも付いてるし、遠慮しないで学校へ行ってください、本当に」

と、言ってくれた。千里は口元に苦笑混じりの笑みを浮かべて、いいんですと応えた。父

を騙したような口実はさすがに口に出来なかった。

「ばあちゃんて、水俣病なんだ？」

しばらくして千里が小声で祖母に問うのをさとく耳にした須永さんが、正面を向いたまま頷いていた。千里は自分の声に不審の気配が含まれていたのを、須永さんに気付かれたようで恥ずかしかった。


突然、このようなお手紙を差し上げましたことをお許し下さい。私は、七月下旬に環境省や国会の議員団への陳情に上京しました、新潟水俣病患者会の一員である祖母の付き添いとして半日だけでしたが、環境省前で座り込みに参加した者です。

私は今年大学進学のために上京しましたが、キャンパスはさいたま市にありますので、都内はほとんど知らないのですが、父の言いつけでどうにか環境省へ辿り着けました。

実は、この時まで私の祖母が新潟水俣病の被害者であることを知りませんでした。県に申請して認定されれば新潟水俣病患者と呼ばれ、申請しても認定されない人は被害者と呼ばれるということも知りませんでした。祖母は認定されなかったから被害者なのだそうですが、家族の誰もが祖母こそ正真正銘の患者だと信じています。

ですが、私はそういう区別があることも含めて、まったく何もかも知らなかったのです。その日の陳情も祖母にとっては、自らの病気を認めて貰いたいとの趣旨のものだとばかり思っていました。疎い自分に呆れてしまいました。

その日の祖母たちの陳情は、その月つまり七月三十一日で締め切るとの通告を受けていた、「水俣病救済特別措置法」の締め切り期限の延長を願うものだったことは、その三日後に帰省して初めて知りました。

そんな無知丸出しの私だったのですが、予定を早めて帰省しましたのは、不自由な体を押してまで、関係する中央官庁に陳情しなければ、聞き入れて貰えない祖母の病気について、調べてみようと考えたからでした。

帰った日、小学校に勤務しています母は、夏休み前ですから学校へ行っていましたし、高校生の弟も登校していて、家には祖母一人がいました。祖母は裏縁側に上敷きを敷いて横になっていました。一日中我が家で一番風通しのいいそこは、この季節の祖母の特等席なのです。

予告なしの帰省でしたので、突然、現れた私の姿を見て祖母は目を丸くして言いました。

「おやっ、たまげた！　ちいちゃんだねっけ、どうした？　おら夢みてんだろうかや」

「夢じゃないよ、正真正銘の千里だよ。この間はご苦労様だったね、もう疲れは取れた？」

「ああ、あん時もたまげたの。ありがてかったよ。今日、帰《け》ってくるとお母さんたちは知ってたんけ？　今朝、そんげなこど言うてねがったが」

「みんなをびっくりさせてやろうと思って、黙って来たんよ」

その夜の夕食時には、三月下旬に家を離れて以来の団欒を楽しみました。祖母はまたも私へのねぎらいの言葉を再三言うのでした。

突然予告もなく帰ってみますと、私が高校へ通っていた頃と全く変わりない日常が、家の中に流れていて、妙に感慨を新たにしました。私がこの家から離れていても、我が家の営みは何の支障もなく続いていると思ったことでした。

あの朝、祖母が上京した日の朝ですが、突然、父から電話がありまして、祖母が仲間と一緒に東京へ陳情に行ったから、人様の足手まといになっては申し訳ないので、私に付き添いに行けと言い付かりまして、初めて環境省という所へ行きました。

父は簡単に、仲間と行ったとしか言いませんでしたが、正確にはノーモア・ミナマタ新潟全被害者として、救済訴訟を起こした原告団の仲間たちでした。

祖母は以前から歩行がスムースでなく杖を使っています。正座は出来ません。他の人たちと同じに歩くのは無理だからと、父は止めたそうですが、他の人たちは何度も泊まりがけで上京して、国会議員会館や関係省庁へ陳情しているのに、自分はずっと参加できなかったのを心苦しく思っていたそうです。誰も強制する人はいないのですが、一度は務めを果たしたいと、日頃親しく話すようになった人に言いましたら、その人は両親が原告になっているのだそうですが、そんな二人を残して泊まりがけで家を空けることは出来なく、二日目に参加する予定にしていたから、一緒に行こうと誘ってくれたのだそうです。祖母にとっては生涯で初めての東京だったそうです。

「勇気を出して行っていがった。行く前《めえ》は、何でお役人はおらたちの難儀な体を理解してくれねんか、不思議でならんかったろも、あんげな立派で大きな《でっけえ》建物の中にいて、背広にネクタイ姿でちょうど良い案配《あんべえ》の仕事部屋にいられるんだんが、何で食うや食わずで昔っから働きづめのおらたちが、川魚で腹をくちくしてたことなんて信じらんねで、当たり前だとつくづく思たで。中には分がってくれてる人もいるとか、ちらっと聞いたこどもあったろも、頭が痛い《やめる》、足も手もしびれて夜も寝らんね言うても、そのために薬があるんだと、それで片付けらって終わりだろう」

これは初めての東京、初めての官庁街を目にした祖母の感想です。今回は環境省でしたが、社長様の会社・昭和電工の本社の前に立ったら、祖母はどんな感想を持つでしょう。立たせてみたい気もします。

　そう考えた祖母の気持ちが、私には分かるような気がしました。やっと辿り着いた環境省は祖母にそんな印象を与えたようでした。

　あの朝、父からそう言われました時、何の話をしているのか理解できませんでした。それというのも祖母が新潟水俣病の訴訟グループに入っていたことを、全く知らなかったからです。私の知っています祖母は昔から体が弱くて、母が働いているものですから、炊事や洗濯掃除など家の中の仕事はしますが、よそのおばあさんのように一日中とか半日も外の仕事、たとえば畑で農作業をし続けることなどはほとんどありません。畑は少しありますが、休日に両親が野菜や花などを作っています。

　祖母はその日の体調によるのですが、時には少し動くと頭がくらくらして、それが起こると廊下でも台所でもしゃがむのです。そして少し収まると這って部屋へ来て横になるのです。食事の後は必ず薬を何種類か飲みます。そんな祖母がなぜ東京まで出てきたのか。私はアルバイトに出かける途中でしたので、父の半分命令みたいな言いぐさにむっとしたほどでした。

そんな私ですから、父に文句を言いました。すると父は大まかに話してくれました。驚きの連続でした。分かってしまえば、アルバイトを口実に断るわけにはいかなくて、アルバイトを休んで従いました。

父は、環境省への行き方を教えてくれたのですが、地下鉄に乗ったこともなければ、何とかいう駅に下りるとそのところが環境省なのだと言いましたが、聞いているうちに私はもう地下鉄線の名前も、下りる駅名も忘れてしまって、気持ちが動転していたからだと思うのですが、もう一度聞くと、父は、これは父の言った通りに記すのですが、目上の方に無礼な言葉だとは思いますがお許しいただいて、

「おれも行ったことがねえし、須永さんに聞いたまんまを言うてるだけでな。駅員に聞け、それが一番だ」

と言って切ってしまいました。そんなこんなの末、どうにか祖母たちが座り込みをしている環境省の前に辿り着き、午後終わるまで祖母に付き添いました。

祖母は今年八十一歳になりますが、生まれ育った家は阿賀野川の河口から上流へ四、五十キロはあるでしょうか、川にごく近い集落で農業と川船で材木や砂利などを運ぶ仕事をしていたそうです。

祖母が言うには元気だけが取り柄の二十一歳の時、ずっと離れた月岡温泉に近い集落の農家へ嫁ぎました。その当時はばりばり農作業をしていたそうですが、子どもを三人産んだ頃から体に変調が出て疲れやすくなり、そんな時は家に帰ってちょっと横になりたいなどと思っても、両舅の手前それもならず、勿論加減が悪いから医者へ行かせてくださいなどとはとても言えず、頭痛で農作業を中断せねばならないことが頻繁になると、三十代半ばになっていた祖母は、まともに働けない嫁はいらないという理由で離縁されたのだそうです。

祖母から聞いたままを記せばただこれだけのことですが、夫だった人はどう考えていたのでしょうか。また、祖母はどんな思いを胸にたたんで、三人の子どもを置いて婚家を去ったのか。私は面と向かって祖母には聞けないでいます。聞く私の方が涙声になってしまいそうだからです。今になってみれば、その頃から祖母の体を蝕み始めていた病気、敢えて言わせてください、祖母の体を蝕んでいたメチル水銀のために、健康な体は毒に冒され、家族の一員としての人格は無視され、働く道具並みにしか認められていなかった事に傷つきながら、暗転した人生を送ることになったのです。

不本意ながら実家に戻ってみても、兄の子が三人いて上の子は中学生で来年は高校、その下が中学生と小学校の高学年で、何かと物入りの所に長居は辛かったそうです。

そんなある日、祖母の末の子（小学校へ上がる前の私の父です）が突然現れて、おら、母ちゃんの腹から生まれたんだっけ、母ちゃんと暮らすと言ったそうです。小さな子がどうやってはるばる来たのか、祖母が質すと、二人の兄たちがバスを乗り継いで送ってきてくれたのだそうです。でも、二人は母親に会わずに帰ったと知って、祖母は子たちの計らいに泣いたそうです。会えば自分たちも弟と一緒に、母親の元で暮らしたい思いに駆られるのを恐れたのではないか、と。

そんなこんながいろいろとあって、祖母の兄が間に入って、父は正式に母親と暮らせるようになったのだそうです。この後の祖母と父の暮らしについては様々なことがあったのは聞きましたが、長くなりますので省略します。これらのことは私が夏休みに帰省して、新潟水俣病について調べ始めたと知った父から聞いたことです。驚きました。そんないきさつがあったなんて、私たちきょうだいは露ほども知らなかったからです。

この集落のどの家庭とも同じように平凡で、祖父という存在が話題に上らないことなど不思議にも思わず、祖母から父へとつながる普通の家庭だと思っていました。そう聞くと、道理で父は親を大切にする人だと、ずっと思っていたのがスムースに認められるのです。現在も私たちはその場所で、両親が新しく建て替えた家に住んでいるのですが、昔は村のはずれで田と畑に囲まれて、目の前の田んぼのずっと先に、隣りの集落の家々の明かりが見えたそうです。

体が弱くて離縁された祖母は働きに出ることもならなかったでしょうから、どんな暮らし方をしていたか不思議で聞きました。結局、祖母の両親の助けが大きかったようです。曾祖父が亡くなると、曾祖母は親子の家に移って食い扶持を入れ、そのほかにも実家からの助けは相当あったらしく、父は高校を出て村役場に勤めることが出来たのです。

祖母が言うには、今の若い人たちには想像も付かないくらい、嫁の立場なんてただ働くだけの道具でしかなかったそうです。どこのお嫁さんでもそうだったとは私も思っていませんが、祖母はそう言うだけの実感を持っているのでしょう。どんなに頭が痛くても舅さんの命じるその日の仕事はこなさなければならなかった、難儀だったのう、と呟くように言いました。それで？　と私がその先を促すように言うと、大昔の事《こん》だと言ったまま、遠くの方を眺めるようなまなざしをして黙ってしまいました。

「思い出すのも苦しい？」

私は言葉には出来ず、心の中で聞いていました。

河口に近い集落に住んでいた患者さんたちの手記によれば、川が汚されなかった頃は、川の水でお米をといだりお風呂を沸かしたりしたそうですが、川の水で沸かしたお湯で入れたお茶は大変おいしかったそうです。勿論、川からの恵みはそれだけでなく、不幸にも川魚から体に入った毒で、被害を受けてしまったのですが、生活全般が川に依存していた事がうかがわれます。それが裏目に出てしまったのです。

もし、社長様の会社が川を汚染しなかったら、魚が汚染されることもなく、当時ほどではないでしょうが、現在も周辺の人たちの食卓を満たし続けたことでしょう。

水俣病と認定された人たちも、私の祖母のようにされなかった人たちも、確実に今とは違った日常生活を送れたはずです。体の異変だけでなく、周りの人たちから受ける風評に悩むこともなかったはずです。

普段の祖母は口数も多くなく、目が合えばゆっくりと頷いてほほえむのです。時には、

「長生きしすぎた、まあだ、どれぐらい《どんぐれえ》痛い《いって》体をあばうて生きねばなんねんだやら」とか、

「ほんね何十年も山ほど飲んできたろも、ちっとも効かねんだ。畑だてや肥やしをやれば作は応えてくれってがんにのう」などと自嘲気味に言いながら、掌の何錠かの薬を一気に飲み込むのです。そこにたまたま母がいれば、

「でも、ちゃんと飲んでね。ご飯と同じように大事だからね」

とまるで、昼間小学校で教えているクラスの子どもに言うように、分かってるよね？　とのニュアンスを込めて言うのです。私も無言で頷くのです。

現在の祖母は確かに平穏で、自分で言うのもおかしいとは思いますが、家族に大事にして貰っています。でも、と私は思わずにはいられません。かつて別れた時小学生だった二人の息子とは疎遠のままなのですから、祖母は心中に家族でも計り知れない哀しみを抱えて生きて来たと思うのです。私の父もそうですが、一度も会っていないのか、会わなくても風の便りで互いの消息は何となく知っているのか、これは父にも祖母にも聞く勇気はありません。私の浅薄《せんぱく》な興味を満たすために、二人の心に土足で入り込むようで恐いのです。

先に記しましたことと重複して恐縮ですが、水俣病にならなかったら、祖母も私の父も違う人生を送れたのです。体の痛みだけでなく、別離の哀しみなど、心の中に詰め込んでじっと耐えてきた長い歳月を思うと、社長様、私は黙っていることは出来なかったのです。人の一生を狂わせ、これは私の想像ですが、そんなに間違ったものではないと思って書きますが、祖母は時には気が狂わんばかりに、子どもたちに会いたい気持ちを抑えつけて生きてきたと思うのです。心の中は涙でいっぱいだったでしょう。

祖母だけでなく裁判の原告に加わった人たちは、お金が欲しくて立ち上がったのではないのです。裁判などしなくても、病気を認めて貰えれば、それに越したことはないのです。祖母のように丈夫なだけが取り柄だったという人が、治療方法がない病体にされてしまったのです。

祖母の場合は、長い年月体の痛みに耐え続けている様子を、傍で見てきた私の母が背中を押したのだそうです。

地元の新聞やテレビなどが盛んにそれを報道していたそうです。私は見たり聞いたりしていたと思うのですが、うかつにもそれらを素通りさせていたし、まさか自分の家族の一人がその病気で苦しんでいたのだと、つなげて考えることが出来なかったのです。能天気だったと反省しています。

ある日、テレビで新潟水俣病阿賀野川患者会の人たちが、国と昭和電工を相手取って、新潟地裁に提訴したと伝えられたのだそうです。

そのニュースを聞いていた父が、

「ばあちゃんは間違いなくこれなんだ、ばあちゃんこそ正真正銘の患者だとおれは思うな」

と呟くように、独り言みたいに言ったそうです。それを聞いていた母が、翌日祖母に、

「昨夜、テレビのニュースで新潟の水俣病の患者さんたちが、裁判を起こしたというてたけど、おばあちゃんも仲間に入れて貰ったらどうだろうね。今朝の新聞にも出てたから、読んでみるといいよ。専門の先生の診断が必要なら、一緒に行くからね、よく考えてね」と伝えたそうです。

それについて後で祖母が私に言ったのは、

「まあ、たまげたもなんも、声が出んかった。誰《だっれ》も知らんと思てたんはおれだけで、晃夫（私の父の名前です）は分がってたんの、知らん振りして見らってたんだ」

と言って肩を落としていました。

「お前のお母さんが、何十年もあっちこっち痛いのを我慢し続けてきたんだから、思い切ってみないかね、応援するからて言うてくれたんだがの、嬉しかったわの、ありがてかったた。それだんが父ちゃん（私の父のことです）は役場に使《つこ》てもろてっし、お母さんは先生だし、迷惑が掛かると困るねっけ。あともう少《ちっと》し我慢してればお迎えが来て楽になるねっけ。そう思てたんだろも、お母さんが何遍も言うてくれっし、仕事のことは心配しんたっていいいて言うし、しばらく考えてたろも思い切ったんだ。おら、たったの一言だってや家の者に言わんかったてがんに踵《あくと》がばけてた。知らぬはなんとやらだのう」

よほど母の指摘がショックだったのでしょう、同じことを言葉を換えて何度も言っていました。

順序不同のうえに、祖母の言った通りに記しましたので、田舎言葉で読みづらいことと思います。ですがそのままに書くのが祖母の心情を汲み取って頂くのに必要だと思いましたので、続けさせてください。

新潟水俣病の第一次訴訟が起こされた時、祖母はまだ婚家で役立たずと蔑まれながら体にむち打って働いていたのです。裁判が起こされたことも勝訴したことも知らなかったそうです。祖母のような環境に置かれた人は、決して少なくはなかったのではないかと、私は考えています。

平成二十三年三月に、祖母も原告の一人であったノーモア・ミナマタ新潟全被害者救済訴訟は、和解というかたちで解決はしているのですが、祖母の人生を狂わせた病気が、社長様の会社がかつて阿賀野川に流した、毒性の強いメチル水銀化合物が原因で発症したものである事は判明しているのですから、病人であることをきちんと認めて欲しかったと残念に思っています。

再び前後してしまいますが、帰省しました翌日、私は出かける母に、新潟水俣病につい

て図書館へ行って調べてみたいので、途中まで乗せて行ってと頼みますと、

「資料なら少しだけど持ってるよ。よかったらどうぞ」と言ったのです。

「えっ、お母さんどうして持ってるん？」

私は驚いて聞きました。

「家族にそれらしい症状を持っている者がいるんだもの当然だよ」

ぼんやりしていたのは私ぐらいで、両親もそして弟さえ、私よりも水俣病については知っていたのです。

母から借りた新潟水俣病関連の本を読み続けるうちに、私の中で無性に苛立つ感情が日に日に大きくなってゆき、納めきれなくなって、夕食の時は私の独壇場とばかりに、私にとっては初めて知った事実の数々を父に母にぶつけていました。そして言ったのです。

「私、手紙を書く。だって収まらないもの！」

「誰に？　何が収まらねって？」

と弟が聞きました。いつものふざけて私をおちょくるような目つきではありませんでした。

「ばあちゃんを認めて貰うためにさ」

「誰に？」

「環境省の役人？　それとも環境省のボス？　大臣？　よく分かんないけど。新潟水俣病の患者として認めて貰うために、この間東京まで行ったんだもん、ばあちゃんたちは」

私は家族の顔をぐるっと見回して、誰にともなく言いました。

「馬鹿！　的はずれのこと言うて、何が手紙だ！」

弟は容赦ない言葉を私にぶつけ、ちょうど食べ終わったらしく席を立って行ってしまいました。私はむっとしながら、何がどう的はずれなのか、母か父が応えてくれるのを、目で頼みました。

「あんたは新潟水俣病の現在がどんなだか知ってないから、亨（弟の名前です）があんなふうに言うたんだがね」

と母が言いました。

「知らないから関連の資料を読んだり、図書館へ行って関連の本を探して読もうと考えて帰ってきたんだよ、分かってるよ何にも知らないということはね」

それでも言うのと内心で呟きながら、「的はずれって？」と返しますと、「おばあちゃんがこの間陳情に行った目的を知ってないんだね」と母が言いました。

「だから、水俣病の患者として認めてくださいって、お願いに行ったんでしょ？」

　私と母の会話を脇で聞いていた祖母が、

「あんのう、そうでねえで、あれはのう七月で締め切るてお達しがあった、特措法の期日を延ばして貰《もれ》えに行ったんだがの」

と何だか訳の分からない難しい言葉をすらすらと言ったのです。

「なに、それ！　特なんとかって？」

「もう少《ちっと》し勉強せ。質問はそれからだわや」

　父はいともあっさりと終了宣言を下したのでした。悔しかったのですが、どうやら母もそう感じているらしい様子だったので、従わざるを得ませんでした。

　翌日、出かける母は私を呼んで、机の下に置いてあった段ボール箱を引き出して、

「この中に水俣病関連の切り抜きが入ってるから読むといいよ」

と言いました。箱の中には随分前の新聞の切り抜きがどっさり入っていました。ファイルに綴じてあるのから、まだ整理していないのまであって、私はうなってしまいました。

　そのほかに、切り抜きの下から患者さんたちや、認定されない被害者という立場に置かれている人たちの体験談をまとめた本や、この病気を診断した医師の手記、ずっと昔第一次訴訟に関わった弁護士さんの書いた本、支援団体がまとめた本などが何冊も出てきまし

た。前に母から借りて読んでいた本のほかに、こんなに沢山の本があるなんて！　その中のほとんどのものは、古本屋からでも見つけてきたらしく、著者のサインと送り主への名前まで記されているものもありました。後から知ったのですが、切り抜きを整理したのは弟だと聞いて、彼に一歩も二歩も水を空けられたような、一人置いてきぼりを食ったような、それでいてふーんと深く感じ入って、私がこの家から出ていた数ヶ月でしかない短い間に、おかしな喩えですが、弟がまるで雨後の竹の子のように、瞬く間に成長した、と直感したのでした。

やがて両親も弟も出かけてしまった家の中で、私は裏縁側で涼を取っている祖母のそばで、一日中切り抜きを読んで過ごしました。その結果、私が大きな思い違いをしていたことにやっと気付きました。

祖母たち原告の人たちが国と昭和電工に対して提訴した、「ノーモア・ミナマタ新潟全被害者救済訴訟」は、平成二十一年六月十二日から始まって、平成二十三年三月三日に新潟地裁で和解が成立した後も、引き続き「水俣病救済特別措置法」の締め切り期限を延長するよう活動していた事を知りました。何よりも驚きましたのは、祖母が陳情に上京した時は、この特措法の締め切りの延長を願うためだった、ということです。昨夜の謎が解けたこと、それよりももっと驚いたのは、自分たちは国や昭和電工と和解して目的が一応達成されたにも拘わらず、まだ自分がこの病気であるかどうかも確かめていない人が多くいる、その人たちが風評や侮蔑の声や視線に負けないで、中には自分の家族からも疎んじられているかもしれない人も、勇気を持って申請しようと決心するまで、特別措置法の申込期限に猶予を与えて欲しいと、不便を託《かこ》っている体にむち打って活動していたのだと知ったことでした。なんと私など思いも及ばない気高い隣人愛を体をはって実行していたのです。

自分たちが暗中模索で体の痛みを我慢しながら生きてきたように、どこかに自分たちと同じように首を傾げながら生活している人がいる。その人たちが一人でも多く申請をする気になれるように、祖母たちの運動は祈りにも似たもの、と深く深く思いました。

その日の夕食の時、弟が私に、

「分かったか?」と聞きました。

「ああ、特別措置法のこと、特措法っていうんだね。分かった」

「どういうふうに分かったんだ?」

「分かったというか、県の新潟水俣病の資料館からでている『新潟水俣病のあらまし』っていう冊子に出てたのを読んで、こういうことかって」

「措置法ってのは水俣病で初めて使われたんでねえんで。知らんかったろ、沖縄県の米軍基地問題とか福島県の原発事故、それからなんとイラク戦争の時でも使わったんで」

「よく知ってるねえ。受験勉強で大変かと思えば、そんなことまで調べて」

私はそんな弟がもしかしたら私が思い始めている進路の変更の先を行って、既に進む道を見つけたのだろうかとさえ思ったほどでした。

余談ですが、祖母の被った病気について少し学んだだけなのですが、私は環境問題を学ぶ学部への編入を、今考え始めたところです。

水俣病と認定された患者さんたち、認定されず被害者と呼ばれている人たちは、自分の過失で病気になったというのではありません。重複しますが川魚を多食した結果、手足に震えがきたり、祖母のように頭痛やめまいに悩まされたり、歩行が困難になったり、その結果、仕事を失った人、離縁されてしまった人、まだまだ私の知らない境遇に突き落とされた人たちが多くいると思います。その人たちを救うのは誰なのでしょうか。国が期日をもうけて患者または被害者の数を制限しようとしているとしたら、それに対して一言付け加えられる立場の人は、昭和電工の社長様しかいないのではないでしょうか。

あと数年で、新潟水俣病が公表されてから五十年を迎えます。五十年、半世紀です。水俣病という公害病が半世紀を経ても解決しない現状を、世界の目は凝視していると思います。この手紙が七月中に社長様のお手元に届いて、特措法の延長を陳情し続けて来た人たちの願いを叶えていただけましたなら、どんなにか嬉しく思います。何らかの理由で七月中にお読みいただけなかったとしましても、申請の再開のチャンスを国にお願いしていただけましたらと、心から願っております。出来ることなら病気からも世間の風評からも、解放してあげたいというのが私の願いです。現在の医学では病気から解放させてあげられないのは悲しいことですが、せめて特措法の延長または再開一つでも叶えて頂けましたなら、祖母のように不自由な体にムチ打って、まだこの病気と自分の体の痛みなどをつなげて考えていない人、或いは周囲の目を気にして診察を受けることすら迷っている人たちのために、活動を続けている人たちは、どんなにか肩の荷が軽くなることでしょう。そのためにも社長様のご尽力におすがりしたいのです。

重複だらけの文面で申し訳ありません。もう一言述べさせてください。水俣病で苦しんでいる人たちは、二重の痛みを背負わされていると思うのです。一つは勿論メチル水銀に冒された体の痛みです。そしてもう一つは周囲の人たちの無理解から来る差別です。これは重大なことだと思います。人間として訴えていることが認められないだけでなく、切り捨てられようとしているのです。特に国、そしてあなたの会社から。そのような指導的立場の方々も、私の祖母や他の患者さんたちも同じ人間です。誰かの大切な人たちなのです。家族の中に生涯治らない痛みを抱えて生き続ける患者がいる。社長様はそんな家庭を想像されたことがおありですか。お風呂上がりの祖母の体に、ぺたぺたと貼り薬をはる手助けぐらいしか私はしてやれないのです。歯痒く悲しくなります。神様がたった一つ願いを叶えてくれるとしたら、真っ先に祖母の体をもとの元気な体に戻してくださるように願います。こんなことを考える私をお笑いでしょうか。でも、そんなふうにでも考えて希望を持ちたいのです。希望が原動力です。

ご多忙な社長様の大切な時間を、私の重複だらけの文面に費やしていただけましたことを心から感謝します。どうぞ加害企業の責任者として特措法で一人でも多くの人たちが救われますように、ご再考をお願いして筆を置きます。よい知らせが患者さんたちの希望につながりますように、重ねてお願い申し上げます。

平成二十四年七月二十七日

昭和電工　社長様

木原千里

参考資料

板東克彦著『新潟水俣病の三十年　ある弁護士の回想』
新潟水俣病被害者の会・新潟水俣病共闘会議編『阿賀よ忘れるな』
斉藤恒著『新潟水俣病』
聞き書き・新潟水俣病『いっち　うんめぇ　水らった』
新潟水俣病四十年記念出版委員会『阿賀よ　伝えて』
新潟県発行「新潟水俣病のあらまし」
朝日新聞・新潟日報　関連記事

初出誌一覧

葦辺の母子　「北方文学」第70号（二〇一四年七月）
母の秘密　書き下ろし
歳　月　書き下ろし
ふたり　書き下ろし
川の記憶　書き下ろし
長い留守　「北方文学」第71号（二〇一五年三月）
手　紙　書き下ろし

あとがき

先年刊行した新潟水俣病短編集Ⅰに続いて、Ⅱを出すことが出来てほっとしています。前作当時の私は、ちょうど「手紙」の主人公千里が、祖母が新潟水俣病の被害者であることを知って、止むに止まれぬ思いに突き動かされて資料を読みあさり、遂に加害企業の責任者である社長宛の手紙を書いたように、私もまた知ってしまったがために書かざるを得なく、多くの関係者の方々から一から教えを請うて何とかまとめたのでしたが、今回は少しゆとりを持ってそれぞれに問題を抱えてしまった一人一人と向き合うことが出来ました。といいましても、作中の人物は全て私がテーマに添って作った人物で、実在の人物ではないことをお断りしておきます。

この度の七篇を改めて読み直していて、もし私がずっと若い頃にこの病気で苦しんでいる人たちを知って、小説に書いたとしたら、たとえば「葦辺の母子」や「母の秘密」の親たちのように、それぞれ身に受けてしまった病苦に苦しみ続ける子たちへのいたわりや哀れみや、共に歩みながら子の苦しみは自分の苦しみでもあると、表現出来たろうかと考えました。「この世には、全てに時があり、それぞれ時期がある」（伝道の書3の1）の聖句を思い出し、現在のこの年齢の私だから書けたのだと思いました。今が私の時だったのだ、と。

それにしましても、阿賀野川の恩恵に与りながら生活して来た周辺の人たちは、突然の暗転に戸惑い、日常生活に支障を来し始めた体の異変に苦しまれました。その原因が一企業によるものだったと解明はしたものの、病気が公布されて半世紀を経ても、未だ未解決という摩訶不思議な状況であることに、憤りを持つのは私だけではないと信じます。これは国と企業が上からの目線で、被害者の皆さんを無視した態度としか思えません。

国を治める人たち、企業の経営者、ひいては国民の一人一人が、利益追求という目的のためでも、決して犯してはならない一線を、信条として持ちたいと痛感しました。

私はこの新潟水俣病に出会って約七年近くになりますが、多くのことを教えられました。被害者の方々の我慢強さには頭が下がります。痛みや苦しみを味わい続けている人たちに、一日も早く全面解決の朗報が届きますように。

この度も、新潟水俣病資料館の塚田館長さんにはカバーの件でお骨折りいただき、長岡市の写真家・稲垣政雄さんから貴重な写真をご提供いただきました。また、玄文社の柴野さんには丁寧に原稿を見ていただきました。お三方には心からお礼申し上げます。

二〇一五年七月

著者略歴

新村苑子（しんむら　そのこ）

1937年５月９日　京都にて出生
1945年８月　神奈川県から新潟県に転入
1998年から「文芸驢馬」同人
2010年から「北方文学」同人
2013年　『律子の舟』で新潟出版文化賞選考委員特別賞受賞
2014年　『律子の舟』で日本自費出版文化賞小説部門賞受賞

著書に『瓢箪』（驢馬出版　2006年）
『律子の舟』（玄文社　2012年）
『葦辺の母子』（玄文社　2015年）

葦辺の母子　新潟水俣病短編小説集 II

二〇一五年十月四日　第一版発行
二〇一八年三月三十一日　第二版発行

著者　新村苑子
発行者　柴野毅実
発行所　玄文社
〒九四五—〇〇七六
新潟県柏崎市小倉町一三—一四
☎〇二五七（二一）九二六一
印刷　有限会社　めぐみ工房

ISBN 978-4-906645-30-5